# 光活着是不够的

## ——加缪励志文选

［法］加缪（Albert Camus）　　著

杜小真　译

主　　任：徐　潜

副主任：王宝平　李怀科　张　毅

编　　委：袁一鸣　郭敬梅　魏鸿鸣

　　　　　林　立　侯景华　于永玉

　　　　　崔红亮

中华工商联合出版社

**图书在版编目（CIP）数据**

光活着是不够的：加缪励志文选／（法）加缪著；
杜小真译. --北京：中华工商联合出版社，2014.10
ISBN 978-7-5158-1105-5

Ⅰ．①光… Ⅱ．①加… ②杜… Ⅲ．①散文集－法国
－现代 Ⅳ．①I565.65

中国版本图书馆 CIP 数据核字（2014）第 225460 号

**光活着是不够的**
——加缪励志文选

| | |
|---|---|
| 作　　者： | 〔法〕加缪（Albert Camus） |
| 译　　者： | 杜小真 |
| 出 品 人： | 徐　潜 |
| 策划编辑： | 魏鸿鸣 |
| 责任编辑： | 林　立　崔红亮 |
| 封面设计： | 周　源 |
| 责任审读： | 郭敬梅 |
| 责任印制： | 迈致红 |
| 出版发行： | 中华工商联合出版社有限责任公司 |
| 印　　刷： | 天津旭丰源印刷有限公司 |
| 版　　次： | 2014 年 12 月第 1 版 |
| 印　　次： | 2023 年 4 月第 4 次印刷 |
| 开　　本： | 710mm×1020mm　1/16 |
| 字　　数： | 150 千字 |
| 印　　张： | 12.75 |
| 书　　号： | ISBN 978-7-5158-1105-5 |
| 定　　价： | 49.80元 |

服务热线：010－58301130
销售热线：010－58302813
地址邮编：北京市西城区西环广场 A 座
　　　　　19－20 层，100044
http://www.chgslcbs.cn
E-mail：cicap1202@sina.com（营销中心）
E-mail：gslzbs@sina.com（总编室）

工商联版图书
版权所有　侵权必究

凡本社图书出现印装质量
问题，请与印务部联系。
联系电话：010－58302915

# 序

为了给《传世励志经典》写几句话，我翻阅了手边几种常见的古今中外圣贤大师关于人生的书，大致统计了一下，励志类的比例，确为首屈一指。其实古往今来，所有的成功者，他们的人生和他们所激赏的人生，不外是：有志者，事竟成。

励志是动宾结构的词，励是磨砺，志是志向，放在一起就是磨砺志向。所以说，励志不是简单的立志，是要像把刀放在石头上磨才能锋利一样，这个磨砺，也不是轻而易举地摩擦一下，而是要下力气的，对刀来说，不仅要把自身的锈磨掉，还要把多余的部分都要毫不留情地磨掉，这简直是一场磨难。所有绚丽的人生都是用艰难磨砺成的，砥砺生命放光华。可见，励志至少有三层意思：

一是立志。国人都崇拜的一本书叫《易经》，那里面有一句话说：天行健，君子以自强不息。这是一种天人合一的理念，它揭示了自然界和人类发展演化的基本规律，所以一切圣贤伟人无不遵循此道。当然，这里还有一个立什么样的志的问题，孔子说：士不可以不弘毅，任重而道远。古往今来，凡志士仁人立的都是天下家国之志。李白说：大丈夫必有四方之志，白居易有诗曰：丈夫贵兼济，岂独善一身，讲的都是这个道理。

二是励志。有了志向不一定就能成事，《礼记》里说：玉不琢，不成器。因为从理想到现实还有很大的距离。志向须在现实的困境中反复历练，不断考验才能变得坚韧弘毅，才能一步一个脚印地逐步实现。所以拿破仑说：真正之才智乃刚毅之志向。孟子则把天将降大任于斯人描述得如此艰难困苦。我们看看历代圣贤，从三大宗的创始人耶稣、默哈穆德、释迦牟尼到孔夫子、司马迁、孙中山，直至各行各业的精英，哪一个不是历经磨难终成大业，哪一个不是砥砺生命放射出人生的光芒。

三是守志。无论立志还是励志都不是一朝一夕、一蹴而就的，它贯穿了人的一生，无论生命之火是绚丽还是暗淡，都将到它熄灭的最后一刻。所以真正的有志者，一方面存矢志不渝之德，另一方面有不为穷变节、不为贱易志之气。像孟子说的那样：富贵不能淫、贫贱不能移、威武不能屈。明代有位首辅大臣叫刘吉，他说过：有志者立长志，无志者常立志，这话是很有道理的。

话说回来，励志并非粘贴在生命上的标签，而是融汇于人生中一点一滴的气蕴，最后成长为人的格调和气质，成就人生的梦想。不管你做哪一行，有志不论年少，无志空活百年。

这套《传世励志经典》共收辑了100部图书，包括传记、文集、选辑。为励志者满足心灵的渴望，有的像心灵鸡汤，营养而鲜美；有的就是萝卜白菜或粗茶淡饭，却是生命之必需。无论直接或间接，先贤们的追求和感悟，一定会给我们带来生命的惊喜。

徐　潜

2014 年 5 月 16 日

# 前　言

　　出生于阿尔及利亚东部小镇的阿尔贝·加缪，是 1957 年法国当时最年轻的诺贝尔文学奖的获得者。获奖理由是：他的重要文学创作以明彻的认真态度阐明了我们这个时代人类良知的问题。他的代表作品有《局外人》、《西西弗神话》、《鼠疫》、《反叛者》、《流放和王国》等。这位地中海的阳光和海水孕育出来的骄子，明知世界冰冷，却依旧保持尽力燃烧的状态。1960 年不幸因车祸去世。

　　本书选取了杜小真等老师翻译的《反与正》、《西西弗神话》及《反叛者》的部分章节，文笔简洁明快，朴实优雅，独具风格。作品蕴含着作者对人生的严肃思考，洋溢着艺术家的强烈激情。

　　1935 年，22 岁的加缪发表了《反与正》。这部作品笔调凝重，着重回忆了他的童年，亲身经历的人和事，而这些，都是其思想的基本出发点，也就是人应当在这冰冷但燃烧着的世界努力地存活，没有生存的痛苦，就不会热爱生活。《反叛者》沿用同样的思路对人生展开探索，提出反叛就意味着既对生活说"是"，又对未来说"不"。《西西弗神话》完成于 1943 年，是一本哲学随笔，系统论述了荒谬和荒谬的人，平实淡雅中蕴含哲理，字里行间透露着 29 岁的加缪火一般的激情。总而言之，只要人对存在提出问题，就会产生荒谬的感情，同时反叛也就产生了。

　　加缪，游离于文学与哲学之间，置身于阳光和苦难之间，一生渴望自由，呼唤爱。他对人生的思考和探索，指引和撼动着无数人。是的，生而为人，就应当努力活着，可是，光活着是不够的，还应当知道为什么活着。

编　者

# 目 录

# 讽　刺

　　两年前，我认识了一位老妇人。那时，她正受着病痛的煎熬，她曾以为自己会死去。她的整个右半身都瘫痪了。她在这个世界上只剩下半个身子，另一半已经毫无知觉了。人们强制这个好动而又啰嗦的小个子老妇人不作声、不动作。孤独的、目不识丁的老人麻木地度着漫长时日，她的全部生命归向上帝。她信上帝：她有一挂念珠、一座铅制耶稣像和一座仿大理石的圣·尤素福怀抱孩子的塑像，这就是明证。她对自己患有不治之症有怀疑，但又那么说，为的是别人能关心她。

　　这一天，有人关心她了。这是一位年轻人（他相信有一个真理存在，并且还知道这个女人快要死去，但对解决这个矛盾并不关心）。他真的十分关注这位老妇人的忧愁。老妇人深深感觉到了。对病人来讲，这种关注是一种意外的收获。她对他滔滔不绝地诉说自己的痛苦：她已走到生命的尽头，她应该让位于年轻人。她是厌倦了？这是肯定的。没有人对她说话。她像狗一样蜷缩在角落里。最好是结束这一切，因为她更愿意死去，而不是成为别人的负担。

她的声音变得像吵架，是市场上讨价还价的声音。然而，那位年轻人明白了。他认为，应该为别人承担责任，而不是去死。但这只证明了一件事：即他从来没有对任何人负过责。而他恰恰对老妇人说——因为他看见了她的念珠——"您还有善心的上帝。"的确如此。但即便如此，人们还是烦她。若她祈祷的时间长了，如果她眼睛盯着地毯的某一图案走了神，她的女儿就会说："你还在祈祷！"病人说："这碍着你什么啦？""这不碍着我什么，但这让人讨厌。"老人沉默了，她用责备的目光久久注视着自己的女儿。

年轻人聆听着这一切，一种不可名状的巨大苦痛使他胸闷难受。而老人还继续说着："当她老的时候，她会知道她也需要祈祷。"

他感到老妇人已摆脱了一切，除了上帝。她任凭自己受这最后病魔的摆布，她也积德，但并非自愿，而且过于轻易地相信她还保留着的东西是唯一值得爱的财富，并最终义无反顾地被投入到祈求上帝的苦海中。但是，愿生命的希望会再生，而且上帝并不强违人意。

他们坐在餐桌旁。年轻人被邀前来进晚餐。老人没有吃，因为晚上进食不易消化。她仍待在她的角落里，正好面对那个听她讲话的人的背。年轻人感到老人在审视他，吃得很不安宁。不过，晚餐仍继续着。为了延长这次会面，人们决定去看电影。正好在上映一部轻松影片。年轻人冒失地接受了邀请，并没有想到仍待在他背后的人。

出发之前，客人们起身去洗手。显然，毫无问题，老人不去了。即使她没有残疾，她的无知也会妨碍她理解影片。她说她不喜欢看电影，事实上，是她看不懂。她在她的角落里，此外还对念珠串的颗粒表示空洞的关注。她把她的全部信念寄托在念珠上。她保存的三样东西对她来说标志着神灵启示的物质点。从念珠、耶稣与圣·尤素福像出发，在它们的后面，是巨大的深深的黑夜，她寄全部希望于这黑暗之中。

大家准备好了。他们走近老人，吻她并祝她晚安。她早已明白了，用力握紧念珠。但是，这个动作似乎既表明热忱也表明失望。大家都吻过她了，只剩下年轻人。他温情地握住老人的手，然后就转过身来。但老人则看着这个曾关心过她的人。她不愿意独自一人。她已感到了孤独的可怕，感觉到持续的失眠以及令人失望的与上帝的单独相处。她害怕了，她只有在年轻人那里才能安静，她依恋着这唯一对她表示关心的人，拉住他的手不放，紧紧握着，笨拙地向他表示感谢以证实这种再三的要求。年轻人感到为难。而其他人已走回来催他。电影9点开始，最好提前一点到，以免在售票口等候。

年轻人感到自己面临着有生以来最难忍受的痛苦：这就是一个人们因看电影而抛下的残废老人的痛苦。他想离开，脱身，不想知道这痛苦，试图抽回自己的手。一秒钟之后，他对老妇人产生了刻骨的仇恨，并且想狠狠地抽她一耳光。

终于，在病人从靠背椅上半起身的时候，他得以脱身并离开。老人惊恐地看着她能在其中栖身的唯一靠山消失了。现在，没有任何东西保护她。死的念头攫住了她，她不太明确知道是什么使她恐惧，但她感到她不愿孤独一人。上帝对她毫无用处，把她从人群中夺走，并让她孤独一人。她不愿离开人们。为此她开始哭泣。

其他人已经上路了。后悔的心情死死地搅扰着年轻人。他抬头仰望有灯光的窗户和那沉默房屋中的阴沉巨眼。但巨眼闭上了。老病妇的女儿对年轻人说："她独自一人时总要关灯。她喜欢待在黑暗之中。"

　　这位老人露出一副得胜的姿态：耸动着眉毛，晃动着指指点点的食指。他说："我吗，我父亲当年每星期给我 5 法郎，我可乐到下一个星期六。嗯，我还有办法存几个子儿。首先，我要去看未婚妻。我得在旷野上走 4 公里，回来也得走 4 公里。好了，好了，我对你们说，现在的年轻人不再懂得玩。"三个年轻人和他——一位老人围坐在圆桌旁。他叙述他平淡无奇的遭遇一些被拔高了的蠢事。令人生厌的事被他作为胜利来庆贺，他甚至不放过叙述中的沉默，他急于在别人离开他之前把一切都说出来，以保留他自认为能感动听众的往事。让别人听他说话，这是他唯一的癖好：对于别人向他投来的讥讽目光和唐突的嘲笑，他不加理睬，当他认为自己是受人尊敬的、阅历十分丰富的祖辈时，对别人来讲，他是一个老人，别人知道在他的那个时代一切都挺好。青年人不知道，经验是一种失败，只有丢弃一切才能知晓一点东西，他很痛苦，他什么也不再说了。这倒比外表快活要好。再者，如果在此他错了，他若想凭借他的苦难来感动别人那更是大错特错了。当你整天为生活奔波时，一个老人的痛苦又有什么重要的呢？他说着、说着，用闷哑的声音平铺直叙地、兴致勃勃地、漫无边际地说着，但这不能延续很久。他的快活终有结束之时，听众的注意力已经涣散。他甚至不再好笑了，他老了。年轻人喜爱台球和扑克，因为这与他们每天笨重的劳动不一样。

　　他于是又孤独一人了，尽管他努力编造谎话以使他的讲述能更诱惑人。年轻人都不客气地离开了。他又一次孤独一人。人们不再听他讲话：当一个人年老时，这是最可怕的。人们已判定他沉默与孤独。人们向他暗示他行将死亡。而一个行将死亡的老人是无用的，甚至是令人不舒服的、狡诈的。让他走开；要是做不到这点，就让他闭嘴：这是绝无仅有的一点敬意。而他很难受，因为他不能不说话，否则他就要想到他是老的。他还是站起来，向周围所有人微笑着，并且离开他们。但他遇到的只是一张张冷漠的面孔，或是由于高兴而摇晃的面孔，而他是没有权利分享这种快乐的。一个人笑着说："他老了，我不否认。可是，往往是在旧锅里做出可口的汤来。"另一个更加严肃："我们并不富有，但我们吃得好。你看，我的孙子吃得比他父亲还多。他的父亲要1磅面包，而我孙子则需要1公斤！吃吧，香肠；吃吧，加蒙拜尔（奶酪名）。有时他吃完了就说：'嗨嗨！，然后继续吃。"老人走开了。他慢步——像耕驴的脚步——穿过挤满人的走廊。他感到很不舒服，但他不愿回去。平常，他习惯回到饭桌、油灯和盘子旁，在那里，他的手指机械地找到它们的位置。他还喜欢安静地进晚餐，老伴坐在他前面，嘴里嚼个不停。他喜欢什么也不想，眼睛死盯着不动。今天晚上，他回家将比较晚。晚饭已摆好，都凉了，老伴大概已躺下。她并不担心，因为她知道他有时会晚回家。她说："他有月亮。"这就够了。

现在，他缓慢而又固执地走着，孤独而又衰老。在生命的尽头，衰老变得令人厌恶。他说什么都没有人听了。他走着，转到街角，打了个趔趄，几乎要跌倒。我看见他了，样子很可笑，但这有什么办法。无论如何，他还是喜欢上街，在街上要比在家好，因为这时若在家，焦躁使他看不见他的老伴，使他独自留在房间里。有时，门徐徐打开，有一刻半开着。有人走进来。这人穿着浅色衣服。他在老人对面坐下，好久不说话。他一动不动，就像刚才打开的门。他不时地用手捋一捋头发，并轻轻地叹气。在用同样满怀忧伤的目光久久注视这位老人之后，他默默地离去。他身后留下撞锁生硬的响声，而老人还留在屋里。他受到惊吓，怀有酸楚而又痛苦的恐惧。而在街上，他并不是独自一人，他总能碰到一些人。他越发焦躁起来。他加快脚步：明天，一切都将会变化，明天。突然，他发现明天将还是老样子，后天，往后的日子也都一样。他发现一切无可挽回，这使他万念俱灰。产生这样一些想法会让你去死。由于不堪忍受这些想法，有人自杀——或如果人还年轻，就会把这些写出来。

是衰老，疯狂，还是酒醉，我不知道。他的终了将令人肃然起敬，催人泪下，是了不起的终了。他将死得壮丽，我要说的是他将在痛苦中死去。这对他是个安慰。而此外还有别的出路吗？他永远地衰老了。人们在即将来临的衰老之上建设着。他们要赋予这无可挽回的烦人的衰老以无拘无束的闲情逸致。他们要成为工头以便将来在小别墅中养老。然而，一旦已到暮年，他们就知道这是错误的。他们需要别人来保护自己。但对老人来说，必须有人听他说话以使他相信自己还活着。现在，街上渐渐黑了，行人渐渐少了，但仍时有人声。在古怪而宁静的夜色中，街道变得更加庄重。在那环城的山丘后面，还残留着白日余晖。一缕不知从何而来的威严的烟雾在树木茂密的山脊后面出现。烟雾慢慢升起，像松树一样展开。老人闭上眼睛。面对要带走城市的喧闹声与天空冷漠而愚蠢的微笑的生命，他孤独，不知所措。赤裸裸的他已经死亡。

还有必要描写这件事的另一面吗？人们可以想象，在一个肮脏、阴暗的房间里，老妇人在摆桌子——晚饭已做好了，她坐下，看看钟，等了一会就开始吃起来，胃口不错。她想："他有月亮。"这就不用再多说了。

他们5个人生活在一起：祖母、小儿子、大女儿和她的两个孩子。儿子几乎是哑巴；女儿是残疾人，思维有困难。她的两个孩子一个已在保险公司工作，小的还在上学。祖母已70岁了，但还掌管着这个家。在她的床上方挂着一幅画像，画像中的她还不到5岁，笔直地站着，穿着一件黑色长裙，饰物直扣到脖子，裙子上没有一点皱褶，睁着明亮、冷峻的眼睛。她这一身皇后服饰随着年龄一起放弃了，而有时她又试图在街上重新找到这种衣着打扮。

她的外孙回忆起这双明亮的眼睛还会脸红。老妇人总等着有客人来，她好严厉地问外孙："你喜欢谁，你妈妈还是你外婆？"而当她女儿在场时，游戏就变得复杂起来。因为无论在什么情况下，孩子都会说："我喜欢外婆。"他心中涌起对这位总是默默无语的妈妈的一股爱流。如果客人对这样的偏向感到吃惊，那他母亲会说："这是因为是她抚养他的。"

这还因为，老妇人认为爱是一种人们强烈要求的事情。她的家庭主妇的意识使她养成一种刻板与偏执的性格。她从来没有欺骗过丈夫，为他生了9个孩子。丈夫死后，她顽强地维持着这个家庭。离开郊区农庄以后，他们在一贫穷老区留了下来。并在那里生活了很长时间。

当然，这个女人并不乏优点。但是，在她的外孙们看来，她不过是个喜剧演员，正处在看问题容易绝对化的年龄。他们从他们的一个叔叔那里听来了一件有趣的事：一次，叔叔来看他们的外祖母，发现她一动不动地待在窗前，而她招待他时手上拿着一块抹布，并且抱歉地说，她要继续干活，因为留给她干家务的时间不多。应该承认，事情就是如此。在家庭讨论什么事情时，她很容易晕厥过去。她还因肝病剧烈地呕吐。但她毫不掩饰病情的发展。她回避着在厨房里的垃圾桶旁大声呕吐，然后脸色苍白地回到家人那里，双眼因用劲而满是泪水。若有人劝她去睡觉，她就会说她要做饭，并要人注意她在主持家务中所占的地位："是我操持着家里的一切。"她还会说，"我要是死了，看你们怎么活！"

孩子们已习惯了，对她的呕吐、她所谓的"进攻"并不在意，也不在意她的抱怨。一天，她卧床不起并要请医生。家人为讨她高兴请来医生。第一天，医生认定她只稍染小疾，第二天则确诊为肝癌，第三天又变成黄疸。而小外孙固执地认为这又是一幕喜剧，一次更巧妙的装病。他并不焦虑。这个女人曾那么厉害地压制过他，以致他一开始的看法并不悲观。而在爱的清醒与拒绝中有一种绝望的勇气。但是，装病却使人感到她真病了：外祖母装病直至死亡。最后一天，她的子孙们帮她解大便，她简言快语地对外孙说："你瞧，我像小猪一样拉屎。"一小时之后，她死去了。

她的外孙现在觉得他当初完全不明白是怎么一回事。他不能消除这样的念头：在他面前演出的是这个女人最后的和最可怕的一次装病。若自问是否感到什么痛苦，那他丝毫也讲不出来。只是在下葬那天，由于大家都失声大哭，他才哭了，他怕自己在死者面前表示出不诚与欺骗。这是一个晴朗的冬日，阳光明媚。在蓝天中，人们看到黄色的闪闪发光的寒冷。从墓地俯视城市，人们可看到灿烂而透明的太阳照在海湾上，闪闪发光，像一片湿润的嘴唇。

所有这一切没有联系吗？美丽的真理。人们上电影院，把一位老妇人扔在家里；一个不再有人听他说话的老人；一位老妇人的死没有换来任何东西。而另一边仍是阳光灿烂的世界。若不接受这一切，又能做什么呢？这是三种相似而又不同的命运。死亡是我们无法摆脱的，但每个人都有自己的死。归根结底，太阳还是温暖着我们的身骨。

# 不置可否

如果说，唯一的天堂就是人们已失去的天堂，我知道该如何为我身上的某种温柔而又非人道的东西命名。一位移居国外者返回祖国。而我，我还记得。讽刺、僵持，一切都停止了，终于，我回国了。我不愿回味幸福。原因很简单，也很容易说明。因为在遗忘的深处，从我面前再现的那些时光中，还留有对纯粹激情的一种完美的回忆，对于悬浮于永恒之中的时刻的回忆。这是我身上唯一真实的东西，但我知道它总是太迟了。我喜欢看一个弯曲的动作，喜欢景色中一棵位置恰当的树。为了重建这全部的爱，我们只需这样一个细节就足够了：长久关闭着的房间的味道，脚步的特殊声响。我就是如此，如果我喜欢表现自己，最终我是我自己，那是因为只存在着使我们回归自身的爱。

这些缓慢、平静而又严肃的时光如此强烈地、生动地再现出来——因为现在是夜晚，是忧伤的时刻，而在暗淡无光的天空中有一种难以言状的欲望。每一个重现的动作都向我揭示了我自身。一天，有人对我说："活着如此之艰难。"我仍记得那声调。另一次，有人对我耳语："最糟的错误，还是使别人痛苦。"若一切都完结，那生的渴望就终止了。这是否就是人们所说的幸福？顺着这些回忆，我们给一切穿起同一种得体的衣服，而死亡在我们看来似乎是色彩陈旧的布景。我们回归自身。我们感到了我们的不幸，因此我们就更加爱。是的，这可能就是幸福，即对我们的不幸同情的感情。

正是在这样的夜晚。在阿拉伯城市边缘的摩尔人开的咖啡馆里，我不是回忆起往日的幸福，而是回忆起一种奇特的感情。已经是夜里了。咖啡馆墙上画的是呈金丝雀般画色的狮子，在五叉棕榈树中追逐身着绿衣的酋长。咖啡馆一角，一盏乙炔灯忽明忽暗地闪烁着。而真正用来照明的光是来源于一个装饰有绿黄珐琅的小炉子底部的火焰。灯光照亮了房间的中心，我感到它反射到我的脸上。我朝着大门，面对海湾。咖啡馆老板蹲在一个角落里，他似乎在看我的空杯子，在杯底中有一片薄荷叶子。大厅里空无一人，下面是城市的嘈杂声，远处是海湾的灯光。我听见阿拉伯人很响的呼吸声，他的双眼在微光中闪烁。远处响起的是大海的声音吗？世界以一种长节奏对着我叹气，并且给我带来不死者的冷漠与安静。强烈的反射红光使墙上的狮子波动起来。空气变得凉爽。海上响起一声汽笛。灯塔开始旋转：绿光、红光、白光。永远是世界的这种沉重叹息。一种隐秘的歌声从这冷漠中诞生出来。而我回国了。我想着一个曾在贫民区生活的孩子。那个地段！那座房屋！房屋只有两层。楼梯很暗。多少年过去了，现在还是很暗。他能在深夜回家，他能迅速地爬上楼梯而从不失脚。他的心中深深地铭刻着这座房屋。他的腿对台阶的高度保持着准确的度量。他的手对于楼梯扶手始终怀有一种本能的、无法克服的厌恶。

夏天的晚上，工人们都坐在阳台上。而他家只有一扇小小的窗户。家人于是把椅子搬下去，摆在楼前，就在那儿欣赏夜景。前面是大街，旁边有卖冰淇淋的小贩，对面是咖啡馆，还有孩子们从这个门跑到那个门的声音。而特别要说的是巨大的榕树之间的天空，在贫穷之中有一种孤独，而这孤独还给每个物以价值。从财富的某一等级上讲，天空本身以及满天星斗的夜晚就与自然财富相似。在阶梯的底层，天空重获其意义：无价的宽容。神秘的、群星闪烁的夏夜！孩子身后是一条散发出难闻气味的走廊，他的小椅子破裂了，在他身下有些塌陷。但他高抬着眼睛，趁着这纯净的夜晚饮酒。有时，会开过一辆庞大的有轨电车。终于，在街角出现一个低声唱歌的醉汉，但他并不能够扰乱夏夜的宁静。

孩子的母亲与夏夜同样安静。有时有人问她一个问题："你想什么呢？"她答道："什么也不想。"事情的确如此。一切都在此，因而就什么都没有。她的生命、她的利益，她的孩子们就限于在此，这些存在之所以过于自然，是为着人们感觉到它们。母亲有残疾，思维很困难。而母亲的母亲生性粗暴、专制，她牺牲了一切以保持她敏感的兽性的自尊，并长期控制着她女儿软弱的精神。结婚使女儿获得解放。后来女儿又乖乖地回来了，因为她的丈夫死了。正如俗语所说，她丈夫为国捐躯。在屋内的显要位置上摆着一个镀金框架，里面放着战争十字勋章和军功章。医院还给遗孀寄来一个从她丈夫身上取出的小弹片。她收藏着它。很长时间以来，她已不再悲伤。她忘记了她的丈夫，但仍然谈论孩子们的父亲。为了养活孩子，她辛勤劳作并且把钱交给母亲。母亲粗暴地教养孩子们。当母亲打孩子打得太狠时，女儿会说："不要打头。"因为那是她的孩子，她爱他们，她毫无偏向地爱他们，而又从不向他们显露这爱。有时，比如他还记得的那些夜

晚，她精疲力竭地回到家（她是保姆），发现屋内空空如也。老
太太上街买东西，孩子们还没放学。她蜷缩在一张椅子里，目光
迷惘、狂乱地紧盯着地板上的一处凹槽。在她周围，夜色渐浓，
夜色中万籁俱寂，令人感到不可解脱的烦乱。若孩子此时回来，
他看清了瘦长的影子与嶙峋的肩膀，他停住了！他害怕。他开始
感觉到很多事情。他几乎没察觉到自己的存在。而面对这非人的
沉默，他哭不出来。他可怜他的母亲，但爱她吗？她从来没有爱
抚过他，因为她不会。他于是久久地注视着母亲。他感到自己是
外来人，于是意识到了她的痛苦。她听不见他说话，因为她是聋
子。过了一会儿，老妇人回来，生命就会复苏：油灯发出圆圆的
光圈，漆布，喊叫，粗野的咒骂。而现在，这沉默标志着时间的
停顿，瞬间的膨胀。因为模糊地感觉到了这些，孩子从自身的冲
动中感到了对母亲的爱。确实应该爱她，因为她毕竟是他的
母亲。

　　而母亲什么也不想。房屋外面是灯光、嘈杂声，在里面则是
夜晚的沉寂。孩子将会长大，将知书明理。人们抚养他，并会要
他报答，因此人们避免给他痛苦。他的母亲将永远这样沉默，而
他将在痛苦中成长，最终要成为一个人。他的外祖母将死去，然
后会是他母亲，最后是他。

　　母亲突然跳起来，她害怕了。他看着她，就像白痴似的。她
叫他去做作业，孩子已做完作业。他今天在一家污秽不堪的咖啡
馆里。现在他是一个男人了。难道这不是最重要的吗？应该认为
不是的，因为做作业并成为男子汉最后只导致变老。

　　阿拉伯人独处一角，还是蹲着，手把着双脚。露天座上飘来
一阵烤咖啡的味道，其中还夹杂着年轻人热烈的交谈。一艘拖轮
仍发出低低的温柔的调子。世界在此终了，每天都一样。在这一

切无边的痛苦中，现在除了和平的允诺之外，一切都没留下。唯有世界的这巨大的孤独才能使我估量出这位奇特母亲的冷漠。一天晚上，有人把她的儿子——已经长大成人——叫到她身边。一次惊吓使她得了严重的脑震荡。傍晚，她习惯于坐在阳台上。她坐在椅子上，把嘴贴着平台上的冰冷、发咸味的铁栏杆，注视着过往的行人。她的身后，夜一点一点地凝重起来。在她面前，商店在一瞬间灯火通明，街道由于人群与灯光膨胀起来，她沉浸在无目的的遐想之中。在那天晚上，一个男人突然出现在她身后，拖着她，对她施暴，但听到有动静就逃跑了，而她什么也没有看见就晕了过去。当她儿子回到家时，她躺在地上。按医生的意见，他决定陪她过夜。他盖着被子躺在母亲边上的一张床上，这时正值盛夏。刚刚发生的悲剧的恐惧还在炎热难耐的房间里蔓延着。来往脚步声声作响，门发出吱吱的声音。在沉重的空气中，弥散着醋的气味，人们用醋给病人降温。而在病人这边，她多动不安，哼哼唧唧，有时还猛地跳起来，把儿子从短暂的瞌睡中叫醒。儿子汗水淋漓，他清醒了——看了一眼手表，蜡烛在表面上重复跳了三下，他又沉沉地打起瞌睡。只是在不久以后，他才感到他们在那个夜里是多么孤独，与所有的人都不一样。在他们俩忍受炎热的时候，其他人都在沉睡。在这座老式房屋里，一切都似乎空了。午夜的有轨电车分流而去，来自人间的全部希望、城市喧闹给予我们的所有信念，都随之远去了。屋里仍留有有轨电车路经的余音，一切又渐渐沉息下去。剩下的只是一个沉静的大院。病人受惊吓发出的呻吟时高时低。他从来没有感到过如此迷惘。世界分解了，连同他，以及要生活，每天都重新开始的幻想。一切都不再存在：学习或雄心，上饭馆的嗜好或偏爱的色调。除了他将陷入其中的疾病与死亡之外，什么都不存在……然而，就在世界崩塌的时刻，他却活着。他最后甚至睡着了，然而依旧带走他们俩孤独的、令人绝望而又温柔的形象。后来，以致很久以后，他还能回忆起污水与醋酸混杂的气味，回忆起他感受到把他与母亲联结起来的时刻。这气味弥散在他周围，犹如对心灵深深慰藉，并变成有形的，毫不担心受骗，对动人的命运专心地扮演穷苦老妇人的角色。

现在，火炉中的火苗已被灰覆盖。大地总是发出同样的叹息。人们听到代尔布加①清脆的声音，乐声中还有女人的笑声。灯光在海湾伸延——准是渔轮回港了。从我的位置看见的三角形天空是一片无云的蓝天。群星密布的天空在纯净气息的吹拂下微颤，夜的沉甸甸的翅膀在我周围缓慢地扇动着。在这夜晚，我不再属于自己。这夜晚将走向何方？在"简朴"这个词中含有一种危险的道德。在这个夜晚，我明白了：人可以要求死亡。因为看透了生活，那就什么都无所谓了。一个人经历、遭受了种种不幸，他承受着这些不幸，安于自己的命运，别人尊重他。而后，一天晚上，什么也没有了：他遇见了一位他钟爱的朋友，这位朋友对他讲话时漫不经心，回家后，这个人自杀了。人们随后谈到他内心是否有忧伤和不为人知的悲剧。不，但如果非要有一个理由不可，那就是：他自杀是因为一个朋友对他漫不经心地说话。因此，每当我似乎感受到世界的深刻意义时，正是它的简单使我震惊，而今天晚上则是我母亲和她奇特的冷漠令我震惊。还有一次，我独自一人与一条狗、一对黑猫及其小猫住在郊区的一座别墅里。母猫不能哺育它的小猫，于是小猫一个接一个地死去，它们使屋内污物遍地。每天晚上回来，我都会看到一具僵硬的尸体

---

① 代尔布加：一种阿拉伯乐器。——译者

和翘起的嘴。一天晚上，我看到最后一只小猫被它母亲吃掉一半了。已经能闻到气味，死猫的气味与尿臊气混合在一起。我于是在这堆污物中坐下，把手放在垃圾中，呼吸着这腐烂的气味。我久久地注视着在一个角落中闪烁的狂动的火焰，它燃烧在一动不动的母猫的绿眼睛中。是的，就是在这天晚上，贫乏到了某一程度，无有导致无有。希望与绝望看来都不成立，生活全部地概括在一幅形象中。但是，为什么停留在那儿？很简单，一切都很简单：在灯塔光中有绿光、红光、白光；在夜晚的清凉中，在城市气息一直伸延到我的赤贫中。如果这天晚上重返于我的是某种童年的图画，我怎么会不欢迎我能够从中汲取爱与贫穷的教益呢？因为这一刻犹如"是"与"不"之间的空隙，我把希望或对生活的厌恶留给其他时刻。是的，只捡起失去了的天堂的透明与简洁：一幅图画。就这样，不久前，在老城区的一所房屋里，儿子看望母亲。他们面对面坐着，沉默不语。但他们的目光相遇：

——噢，妈妈。

——你来了。

——你烦吗？我说多了？

——不，你从来不多话。

一丝美好的微笑融化在她脸上。是的，他从未对她说过话，但实际上又有什么必要说话呢？在沉默中，情况变得清楚了。他是她的儿子，她是他的母亲。她能对他说："你知道。"

她坐在沙发脚下，两脚并拢，两手合着放在膝上。他则坐在椅子上，刚刚能看见她，并且在不停地吸烟，沉默。

——你不应该吸这么多烟。

——是的。

街上散发出的全部气味都从窗户弥漫进来：隔壁咖啡馆的风

琴，夜间川流的人群，还有人们夹在松软的小面包里吃的烤肉串，还有在街上哭泣的孩子。母亲站起来拿了一件毛衣活。关节病使她的手指变得僵硬，她织得不快，有时会重织同一针，或劈劈啪啪拆掉整个一行。

"这是一件小坎肩，穿时我配上一副白领，这件和我的黑大衣将是我的应时服装。"

她站起身去开灯。

"现在天黑得早了。"

的确如此。夏天已过去，但还未到秋天。在温和天空中，雨燕还在鸣唱。

——你不久就回来吗？

——我还没动身呢。你为什么说这个？

——不为什么，只是说说而已。

一辆有轨电车驶过。随后是一辆小汽车。

——我真的像我的父亲吗？

——噢，你和父亲一模一样！当然，你并不了解他，他死时你才6个月。但若你也留撇小胡子就更像了！

她谈到父亲时并不很自信，因为她对父亲没有任何记忆与感情。他无疑是无数人之中的一个。此外，他是满怀豪情出征的。在马恩，他头颅开了花。他双目失明，度过一周的弥留期，死后名字刻在镇上的死者纪念碑上。

——其实，这样更好。要不他瞎着或疯着回来，那这可怜的人……

——是这样。

如果说不是"这样更好"的信念，如果不是感到世界的荒谬的简单性都潜藏在这儿，那在这房间里还有什么留得住他呢？

"你还回来吗?"她说，"我知道你工作忙。不过，时不时地……"

但这时，我在哪儿？如何能把这空寂的咖啡馆与这过去的房间分离开？我不再知道我是亲身经历还是在回忆。灯塔的光还在那儿，而站在我面前的阿拉伯人对我说他要去熄灭灯塔的灯光，得离开了。我再也不愿走下这条如此危险的山坡。确实，我最后一次注视海湾和它的灯光，走向我的东西并不是对更加美好的日子的希望，而是对一切、对我自己纯净而又原始的冷漠。但是，应该粉碎这过于绵软、过于容易的曲线。我需要我的清醒，是的，一切都是简单的，是人自己使事物变复杂了。别再给我们找麻烦了，别再对我们谈死刑犯"他要还社会的债"，"他要被砍脖子"。这什么也说明不了，但这造成一个小小的差别。再者，有些人宁愿凝视自己的命运。

## 灵魂之死

晚上 6 点，我到达布拉格。我马上把行李送到寄存处，还有两个小时可去找旅馆。我身上充满着获得解放的奇特感情，因为我的两个箱子不再压在手上了。我离开车站，沿着花园向前走，贸然来到了万塞拉斯大街。此时街上人群熙熙攘攘。在我周围，成百万的人已经活到如今，他们存在中的任何东西都没有对我泄露，他们生活着。我与这个熟悉的国度远隔千里，我并不懂他们的语言。所有人走得都很快，所有人都超过我，甩下我。我不知所措。

我只有很少的钱，靠这些钱要过 6 天。但过了这段时间，会有人接济我。不过这仍然是使我头痛的事情。我于是开始寻找一家便宜的旅馆。在新城，我觉得所有的人都闪现着光芒，哭声与女人。我加快脚步，急促的步伐同逃跑有某种相似之处。然而，8 点左右，我到达旧城。在那里，一家门面很小、看来很便宜的旅馆吸引了我。我走进去，填了表格，拿了钥匙。我的房间是在4 楼 34 号。我打开房门，看到的是一间十分豪华的房间。我看了看价目表：比我预想的要贵两倍，钱的问题变得很棘手。在这大城市里，我只能节俭地生活。刚才还不十分明显的忧虑变得确切起来。我感到不舒服，心里空荡荡的。然而，还有一刻是清醒的：或错或对人们总是在金钱问题上对我表示最大的冷漠。在此，这愚蠢的担心又有何用呢？但是，思想已经在活动。应该吃饭，重新上路并寻找一家便宜饭馆。此后，我一顿饭只能花费10个克朗。我所看到过的所有饭馆，最便宜的也就是最冷淡的。我来回走着。店里的人终于注意到我的行迹。我走进去。这是一间阴暗的地下室，饰有粗艳的壁画。里面人很杂：几个姑娘在一个角落里抽着烟严肃地谈着什么；男人们吃着，他们大都很难看出年龄，面色灰黑；侍者是身着油腻的无尾常礼服的大个子，长着硕大的脑袋，毫无表情地向我走来。我迅速地在我根本不认识的菜单上随意点了一个菜，但似乎还需解释一下。侍者用捷克语问我话。我用我所知甚少一点德语回答。他不懂德语，我恼火了。他叫来一个姑娘，这姑娘摆出一副习惯的姿态，左手叉腰，右手拿着香烟，面带滋润的微笑走了过来。她在我的桌旁坐下，用与我同样糟的德语向我问话。一切都清楚了。侍者向我吹嘘时鲜菜，他表演得很出色，我要了时鲜菜。姑娘还对我说话，我再也听不懂了。自然，我用深刻的表情说"是"，但我心不在焉。一切都让我恼火，我摇晃起来，我不饿了。在我身上总是有这个痛点，肚子难受。我请那姑娘喝一杯啤酒，这是我的习惯。时鲜菜上来了，我吃了。这是玉米粉与肉混在一起做的菜，内中加有类似枯茗的东西，令人作呕。但我心思在别处，或不如说什么也没想，只是盯着我对面的那个女人油腻而又含笑的嘴巴。她相信劝说吗？她已在我身边，样子很黏人。我的一个无意识的动作使她有所克制（她很丑。我经常想，如果这姑娘很漂亮，我就会避免随后发生的一切）。在这做好笑的准备的人群中，我担心自己会生病。加之我还是独自一人住在旅馆，没有钱，心灰意懒，只剩下我自己和我可怜的思想。直到今天我还窘迫地自问，像我这样惶恐又懦弱的人如何能够摆脱自我。我离开旅馆，在老城漫步，但我不能够面对自身停留太长时间。我跑步回到旅馆躺下，几乎一上床就入睡了。

　　所有我不厌烦的国家都是不给我任何教益的国家。正是凭借这句话我试图恢复勇气。但是，我要描写以后的日子吗？我回到我的饭馆。我早晚都忍受着使我作呕的可怕的枯茗食物，我因此整整一天都想呕吐。但我并没有吐出来，因为我知道必须吃东西，不吃就得另外找一家饭馆。这又何苦？在此，我至少被"认出"了。如果说人们不对我说话，那他们却对我微笑。另一方面，焦虑占了上风。我过于看重头脑中的这一极端。我决定要安排我的白天，在白天扩大支撑点。我尽可能迟起床，这样白天的时间就会相应减少。然后梳洗，出去一点一点地探索这个城市。我消失在富丽堂皇的巴罗克式教堂之中，试图在其中重新找到一个家园。但当我走出教堂时，与自身这种令人失望的单独共处使我更加空虚，更加绝望。我沿着被熙熙攘攘的人群阻塞的伏尔塔瓦大街漫步。我在空旷、安静的哈拉特辛区度过漫长时间，在它的教堂和宫殿的阴影下，在夕阳西下之时，我孤独的脚步声在街道上发出回响。察觉到这声音，我又惊慌起来。我很早就吃晚饭，8点半就去睡觉。太阳把我唤醒，教堂、宫殿和博物馆，我设法在这一切艺术作品中减轻焦虑。惯用的方法是在忧郁中消除我的反抗，但这是徒劳的。一到街上，我就成了外来人。然而有一次，在城市边缘的一座巴罗克式隐修院里：甜蜜的时光，缓慢的钟声，成群的鸽子从古老的塔楼上飞出，同样有某种类似香草气和虚无香气的东西使我身上产生一种满含泪水的沉默，这沉默几乎使我得到解放。晚上回来，我一气呵成地把上述事情写了下来。我忠实地记录下来，因为我在表达这些的过程中又感到那时我品味到的复杂性：从旅行中还要获取什么样的益处？我现在没有华丽的服饰。我看不懂这城里的招牌，奇异的文字，连一个字也认不出来，没有朋友可对话，也没有任何可消遣。在一个房间里，听得到陌生城市的声音。我清楚地知道，没有任何东西能够把我从这里拉起，把我带向一个光线更柔和的家园和可爱的地方。我要呼唤、呐喊！将要显现的都是些陌生的面孔，教堂、金子或沉香，这一切把我抛进一种平庸的生活，在这生活中，我的焦虑赋予每一事物以价值。这就是习惯的幕布，动作与话语的舒适的网络，心灵在其中沉睡，渐渐苏醒，并最终揭示忧虑的苍白面貌。人面对自身我怀疑时是幸福的……然而，旅行正是由此照亮了他，在他与诸物之间产生了很深的失调。世界的音乐比较容易地进入这颗不那么坚实的心中。终于，在这片荒漠中，最小的孤独的树正在变成最温柔、最脆弱的形象。艺术作品与妇女的微笑，植根于家乡土地的人种与概括世纪的纪念碑，这些都是旅行构成的生动而又感人的景色。然后又过了一天，在旅馆的这间房里，某种东西又一次像灵魂的饥饿那样在我身上形成"凹陷"。但我是否需要承认，所有一切都是使我沉睡的故事。布拉格留给我的印象就是那在醋中浸泡过的黄瓜味，在每个街头都有卖这种黄瓜的，人们可能站着匆匆地吃。黄瓜的酸辣味又引起我的焦虑，而且我一跨过旅馆的门槛，我的忧思就更浓。这种气味的作用也可能来自某种手风琴声。在我窗下，有一个瞎眼独臂人，他坐在乐器上，用一半屁股固定住它，用他仅有的一只手拉琴。他总是拉同一幼稚而柔和的曲调。每天早上这琴声把我唤醒，以使我一下子就置身于我在其中挣扎的、赤裸裸的现实之中。

我还记得，在伏尔塔瓦河边，我突然停下。这种从我心底发出的气味或抒情曲调使我惊讶，我轻声对自己说："这意味着什么？这意味着什么？"但无疑，我尚未到达边缘。第四天早晨 10 点左右，我准备出门。我要去看前几天没能找到的犹太人墓地。这时有人敲隔壁房间的门。沉默了一会儿，那人又一次敲门。这次敲了很长时间，但看来没有人回答。沉重的脚步声往楼下去了。我漫不经心、头脑空空地看着我已用了一月之久的剃须膏的使用说明。天气很沉闷，一道赤褐色的光线从多云的天空射在古老布拉格的塔楼和圆屋顶。报贩像平时早晨一样叫卖《纳罗第·波利第法》报。我费力地从缠住我的麻木中挣脱出来。但在离开时，我与楼上的侍者擦肩而过，他手上拿着钥匙。我停下来。他又一次长久地敲门，他企图打开门，但没有用，里面的插销可能插上了。他又敲门，房间发出空洞的声音，凄凉而又压抑。我什么也不想打听，离开了。但是，在布拉格的大街上，我被一种痛苦的预感纠缠着。我怎么能忘记楼上的那个侍者的愚蠢面孔，怎么能忘记他那奇特弯曲着的漆皮鞋和他那件掉了纽扣的上衣？终于，我吃了中饭，但却是带着越来越强烈的厌恶吃下去的。2 点钟左右，我回到旅馆。

在大厅里，有人在窃窃私语。我迅速地登上楼梯以便更快地目睹我所预料的事情。正是这么一回事。房门半开着，我只看见一堵涂着蓝漆的墙。但是我上面说到过的阴沉的光线射在这堵墙上，一个死人的影子躺在床上，还有一个看守尸体的警察的影子。两条影子又成直角分开。这光线使我心乱。它是真实的，一道真正的生命之光，生命黄昏的光，一道让人发现自己活着的光。他死了。孤零零地留在他的房间里。我知道这不是自杀。我赶紧回到自己的房间，扑向我的床铺。从影子来看，我想这是个像其他许多人一样的矮小而又肥胖的男人，无疑他已死去很长时间。而在旅馆里，生命还在继续，直到侍者想到去叫他。侍者到他那儿并不存任何怀疑，但他已经孤独地死去。而我，我那时正在看剃须膏的使用说明。我很难描述我是在怎样的状态下度过整个下午的。我躺着，头脑空空，心里特别难受。我修着指甲，数地板上的凹槽。"如果我数到1000……"而数到50或60，我就数乱了，数不下去了，我听不见外面的任何声音。有一回，我却听见走廊里沉闷的声音。那是一个女人，她说德语："他太好了。"我于是绝望地想起我远在地中海岸边的城市。我是那样爱恋绿光下的温柔夏夜，那处处都有年轻、漂亮女人的夏夜。好多天以来，我没有说过一句话，而我的心却充满着被压制的呐喊与反抗。若有人向我张开双臂，我会像孩子一样哭出来。傍晚前后，我疲惫不堪，我狂乱地插上门栓。我脑子空空，反复想着一首手风琴曲。而这时，我不能再想什么。家乡、城市和名字，疯狂或征服，受辱或向往，这一切我都想不起来。我将再记起这些还是要衰竭下去？有人敲门，我的朋友们走进来。即使我失望，我还是得救了。我想我说的是："很高兴又看见你们。"但是，我肯定我的表白就到此为止，而在他们眼里，我仍是他们曾与之分别的人。

不久，我离开布拉格。当然，我对以后的所见所闻感兴趣。我记得在堡赞的哥特式的小墓地，那天竺葵红颜烂漫的时刻，记得那早晨的蓝色，我能够谈论西里西亚长长的、无情而又无收益的平原。我是在黎明时分跨越西里西亚平原的。一群黑压压的飞鸟在雾气浓重的早晨从黏滞的大地上空飞过，我还喜欢温柔而又深沉的摩拉维亚，喜欢它无垠的原野，道路两旁是挂满酸果的李子树。但在心灵深处，我保留着对那些长久观看深不见底的地沟的人们的震惊。我到过维也纳，逗留了一星期。我永远是我自己的囚犯。

然而，在把我从维也纳载往威尼斯的火车上，我期待着某种东西。我就像一个人们用米汤喂着的正在康复中的病人，念着将要吃的第一块面包，我看见一线光明。现在我知道了：我正准备迎接幸福。我只讲我在维尚斯附近的山丘上度过的 6 天。我还留在那里，或不如说我有时又置身在那个地方，而且经常是所有的一切都让我留在一种迷迭香的香气中。

我进入意大利。这块土地是为我的灵魂而生成的。我向它接近，一个接一个地认出它的种种标志：这是最先看见的石鳞瓦的房屋，这是最先看见的爬满经硫酸铜处理而变青的墙上的葡萄藤，这是最先看见的晾在院子里的衣服，杂乱无章。男人们落拓不羁。这是我看见的第一棵柏树（它是那么纤细而挺拔），第一棵土灰色的橄榄树和无花果树。意大利小城里到处都是阴暗的广场。慢吞吞、懒洋洋的鸽群寻找栖息之处的中午时分，灵魂在其中消磨反抗斗志，激情一级一级地拥向眼泪。然后，我来到维尚斯。这里，白天的日子环绕自身旋转，从鸡鸣不断的清晨直到这无与伦比的甜蜜、温柔、丝一样光滑的夜晚，隐在柏树林后面的蝉鸣声经久不息，这陪伴我的、内部的沉默产生于日复一日的缓慢运行。除了这面对平原的房间，连同里面古色古香的家具和挂钩的花边，我还希求什么别的呢？我面向整个天空，面向这时日的旋转，我似乎能够不停地、原地不动地随着它转。我向往我能够得到的唯一幸福——专注而友善的意识。我整整一天都在散步：我从山丘下到维尚斯，或者走向更远的田野那边。我碰到的每一个人，街上的每一种气味，这一切于我都是无限地去爱的理由。注视着度假区的年轻的妇女们，卖冰淇淋的商贩吹的喇叭

（他们的车是装有轮子、备有铺位的平底舟），摆满红瓤黑籽西瓜、透明甜黏葡萄的水果摊——每个不复知孤独的人[1]都有所靠。但是，在9月的夜晚，人们感受到，知了尖中有柔的鸣唱，流水与群星的香气，乳香黄连木与芦苇丛中芬芳的通路，对被迫孤独的人[2]都是爱的标记。日子就这样流逝着。充满阳光的炫目耀人的时刻过后，夜晚来临，落日的金色与柏树的幽黑使周围的景色灿烂夺目。我于是向大道走去，向着远处鸣唱的蝉声走去。我一路走去，它们一个接一个地放慢了歌唱速度，然后就不作声了。我慢慢地向前走去，我被这多么炽热的美压得透不过气来。在我身后，蝉竞相提高嗓门，然后唱了起来：这是冷漠与美由之落下的天空中的神秘。趁着落日余晖，我读着一座别墅的三角楣上的字："精神在高尚的自然中产生。"应该在那儿停下来。天上已经出现了第一颗星星，接着，在对面山丘上出现三处灯光。夜不知不觉一下子降临，我身后的灌木丛中响有一阵耳语并带过一阵微风，白日把它的温甜留给我，然后就遁逝而去。

当然，我并没有改变，只不过更加孤独。在布拉格，我被窒息于四壁之中。而在这里，我面对世界，我被投抛在我的周围，我以许多相似于我的形象充实宇宙，因为我尚未谈到太阳。正如我花费很长时间才理解我对度过童年的贫穷世界的依恋与热爱，直到现在，我才隐约明白太阳与看着我诞生的家乡的教益。近中午时分，我离开了，走向我熟悉的一个地方，在那里可俯视维尚斯宽广的平原。太阳差不多升到屋顶上，天空是深蓝色的，通风的。从天空射下来的全部光笼罩着山坡，给柏树和橄榄树、白色

---

　① 　即指所有的人。——译者
　② 　即指所有的人。——译者

房屋、红色屋顶都披上了颜色最炽热的外衣，然后，它在阳光下的烟雾腾腾的平原上消散隐去。每一次都是归于同样的烟消云散。在我身上，有那矮胖男人的水平影子。而在这些随着太阳旋转的平原上，在尘埃中，在这些光秃秃的、满是焦草烧痂的山丘上，我手指触摸到的是我自身所有的虚无味道的赤裸而毫无魅力的形式。这个国家把我带回到自己的内心之中，并让我面对我隐秘的焦虑。但这是布拉格的焦虑，而不是我的焦虑。如何解释它呢？诚然，面对这树木茂盛、充满阳光与微笑的意大利平原，我比在别处更清楚地闻到已追踪我一个月之久的死亡与非人的气味。是的，这无泪的充实，这充满我身的没有快乐的和平，这一切都只是由一种不再回复我身的东西的清楚意识造成的，即由一种弃绝和漠不关心造成的。就如同一个行将死亡并且已经知道自己将死的人并不关心他妻子的命运（小说除外）。他意识到人的天性就是自私，也就是说是绝望的。对我来说，在这个国家里不存在任何不朽的诺言。若没有眼睛去看维尚斯，没有手去触摸维尚斯的葡萄，没有皮肤去感受从蒙特拜里科到瓦勒玛拉纳别墅路途中的夜晚，那什么能让我在我的灵魂中重新活跃起来呢？

是的，这一切是真的。但同时，有某种我不能准确说出来的东西与太阳一起进入我的身体。在极端意识的这个顶端上，一切都重新聚合在一起，我的生活就像应抛弃或者应接受的整体向我显现。我需要一种伟大。在我深深的绝望和世上最美景致之一的隐秘冷淡的对抗中，我找到了这种伟大。我从中汲取力量以成为既勇敢又有意识的人。一件如此困难、如此荒谬的事情于我已经够了。但也许，我已强制我当时已如此准确感觉到的某种东西。此外，我现在经常回布拉格，并又回到我在那里经历过的死气沉沉的日子中去。我又重归我的城市。有时，仅仅是一股黄瓜酸味和醋味就又勾起我的忧虑。那我必须想到维尚斯。但是二者于我都是珍贵的，我很难把我对光明、对生活的爱与我对我要描述的绝望经历的依恋分离开来。人们已经明白这点，而我，我不愿下决心去选择。在阿尔及利亚郊区，有一处小小的、装有黑铁门的墓地，一直走到底，就可发现山谷与海湾。面对这块与大海一起呻吟的祭献地，人们能够久久地沉湎于梦想。但是，当人们走上回头路，就会在一座被人遗忘的墓上发现一块"深切哀悼"的墓碑。幸运的是，有种种顺理诸物的理想主义者。

# 生之爱

　　巴马的夜，生活缓慢地转向市场后面的喧闹的咖啡馆，安静的街道在黑暗中延伸直至透出灯光与音乐声的百叶门前。我在其中一家咖啡馆待了几乎一整夜。那是一个很矮小的厅，长方形，墙是绿色的，饰有玫瑰花环。木制天花板上缀满红色小灯泡。在这小小空间，奇迹般地安顿着一个乐队，一个放置着五颜六色酒瓶的酒吧以及拥挤不堪、肩膀挨着肩膀的众宾客。这儿只有男人。在厅中心，有两米见方的空地，酒杯、酒瓶从那里散开，侍者把它们送到各座位。这里没有一个人有意识，所有的人都在喊叫。一位像海军军官的人对着我说些礼貌话，发散着一股酒气。在我坐的桌子旁，一位看不出年龄的侏儒向我讲述自己的生平，但是我太紧张了，以致听不清他讲些什么。乐队不停地演奏乐曲，而客人只能抓住节奏，因为所有的人都和着节奏踏脚。偶尔，门打开了。在叫喊声中，大家把一个新来者嵌在两把椅子之间。①

突然，响起一下钹声，一个女人在小咖啡馆中间的小圈子里猛地跳了起来。"21岁。"军官对我说，我愣住了。这是一张年轻姑娘的脸，但是刻在一堆肉上。这个女人有1.8米左右。她体形庞大，该有300磅重。她双手叉腰，身穿一件黄网眼衫，网眼把一个个白肉格子胀鼓起来。她微笑着：肌肉的波动从嘴角传向耳根。在咖啡馆里，激情变得抑制不住了。我感到这儿的人对这姑娘是熟悉的，并热爱她，对她有所期待。她总是微笑着，她总是沉静和微笑着，目光扫过周围的客人，肚子向前起伏。大厅里所有的人都喊叫起来，随后唱起一首看来众人都熟悉的歌曲。这是一首安达卢西亚歌曲，唱起来带有鼻音。打击乐器敲着沉闷的鼓点，全部是三拍的。她唱着，每一拍都在表达她全部身心的爱。在这单调而激烈的运动中，肉体真实的波浪产生于腰并将在双肩死亡。大厅像被压碎了。但在唱副歌时，姑娘就地旋转起来，她双手托着乳房，张开红润的嘴加入到大厅的合唱中去，直到大厅里所有的人都卷入喧哗声中为止。

她稳当地立在中央，汗水漉漉，头发蓬乱，直耸着她笨重的、在黄色网眼衫中鼓胀的腰身。她像一位刚出水的邪恶女神。她的低前额晃得愚蠢，她像马奔驰起来那样只是靠膝盖的轻微颤动才有了生气。在周围那些兴奋得跺脚的人们中间，她就像一个无耻的、令人激奋的生命形象，空洞的眼睛里含着绝望，肚子上汗水淋漓。

若没有咖啡馆和报纸，就可能难以旅行。一张印有我们语言

---

① 在确定真正文明的快乐中有某种快意。而西班牙人民是欧洲少有的文明人之一。——译者

的纸。我们在傍晚试着与别人搭话的地方，使我们能用熟悉的动作显露我们过去在自己家乡时的模样，这模样与我们有距离，使我们感到它是那样陌生。因为，造成旅行代价的是恐惧。它粉碎了我们身上的一种内在背景，不再可能弄虚作假——不再可能在办公室与工作时间后面掩盖自己（我们与这种时间的抗争如此激烈，它如此可靠地保护我们以对抗孤独的痛苦）。就这样，我总是渴求写小说，我的主人公会说："如果没有办公时间，我会变成什么样？"或者："我的妻子死了，但幸亏我有一大捆明天要寄出的邮件要写。"旅行夺走了这个避难所。远离亲人，言语不通，失去了一切救助，伪装被摘去（我们不知道有轨电车票价，而且一切都如此），我们整个地暴露在自身的表层上。但由于感觉到病态的灵魂，我们还给每个人、每个物件以自身的神奇的价值。在一块幕布后面，人们看到一个无所思索的跳舞的女人，一瓶放在桌上的酒。每一个形象都变成了一种象征。如果我们的生命此刻概括在这种形象中，那么生命似乎在形象中全部地反映出来。我们的生命对所有一切天赋于人的禀性是敏感的，怎样诉述出我们所能品味到的各种互相矛盾的醉意（直到明澈的醉意）。可能除了地中海，从没有一个国家于我是那样遥远，同时又是那样亲近。

无疑，我在巴马咖啡馆的激情由此而来。但到了中午则相反。在人迹稀少的教堂附近，坐落在清凉院落的古老宫殿中，在阴影气氛下的大街上，则是某种"缓慢"的念头冲击着我。这些街上没有一个人。在观景楼上，有一些迟钝的老妇人。沿着房屋向前，我在长满绿色植物和竖着灰色圆柱的院子里停下，我融化在这沉静的气氛中，正在丧失我的限定。我仅仅是自己脚步的声音，或者是我在沐浴着阳光的墙上方所看见掠影的一群鸟。我还在旧金山哥特式小修道院中度过很长时间，它那精细而绝美的柱廊以西班牙古建筑所特有的美丽的金黄色大放异彩。在院子里有月桂树、玫瑰、淡紫花牡荆，还有一口铁铸的井，井中悬挂着一只锈迹斑斑的长把金属勺，来往客人就用它取水喝。直到现在，我还偶尔回忆起当勺撞击石头井壁时发出的清脆响声。但这所修道院教给我的并不是生活的温馨。在鸽子翅膀干涩的扑打声中，突然的沉默蜷缩在花园中心，而我在井边锁链的磨击声中又重温到一种新的然而又是熟悉的气息。我清醒而又微笑地面对诸种表象的独一无二的嬉戏。世界的面容在这水晶球中微笑，我似乎觉得一个动作就可能把它打碎，某种东西要迸散开来，鸽子停止飞翔，展开翅膀一只接一只地落下。唯有我的沉默与静止使得一种十分类似幻觉的东西成为可以接受的，我参与其中。金色绚丽的太阳温暖着修道院的黄色石头，一位妇女在井边汲水。一小时之后，一分钟、一秒钟之后，也可能就是现在，一切都可能崩溃。然而，奇迹接踵而来。世界含羞、讥讽而又有节制地绵延着（就像女人之间的友谊那样温和又谨慎的某些形式），平衡继续保持着，然而染上了对自身终了的忧虑的颜色。

我对生活的全部爱就在此：一种对于可能逃避我的东西的悄然的激情，一种在火焰之下的苦味。每天，我都如同从自身中挣脱那样离开修道院，似在短暂时刻被留名于世界的绵延之中。我清楚地知道，为什么我那时会想到多利亚的阿波罗那呆滞无神的眼睛或纪奥托[1]笔下热烈而又呆钝的人物[2]，直至此时，我才真正懂得这样的国家所能带给我的东西。我惊叹人们能够在地中海

---

① 纪奥托（1226～1337），意大利画家。——译者

② 正是由于微笑与注视的出现，希腊雕刻开始衰落，意大利艺术开始流传。犹如美之结束即精神之始。——译者

沿岸找到生活的信念与律条,人们在此使他们的理性得到满足并为一种乐观主义和一种社会意义提供依据。因为最终,那时使我惊讶的并不是为适合于人而造就的世界——这个世界却又向人关闭。不,如果这些国家的语言同我内心深处发出回响的东西相和谐,那并不是因为它回答了我的问题,而是因为它使这些问题成为无用的。这不是能露在嘴边的宽容行为,但这拿达只能面对太阳的被粉碎的景象才能诞生。没有生活之绝望就不会有对生活的爱。

在伊比札,我每天都去沿海港的咖啡馆坐坐。5点左右,这儿的年轻人沿着两边栈桥散步,婚姻和全部生活在那里进行。人们不禁想道:存在某种面对世界开始生活的伟大。我坐了下来,一切仍在白天的阳光中摇曳,到处都是白色的教堂、白垩墙、干枯的田野和参差不齐的橄榄树。我喝着一杯淡而无味的巴旦杏仁糖浆,注视着前面蜿蜒的山丘。群山向着大海缓和地低斜,夜晚正在变成绿色。在最高的山上,最后的海风使风磨的叶片转动起来。由于自然的奇迹,所有的人都放低了声音,以致只剩下了天空和向着天空飘去的歌声,这歌声像是从十分遥远的地方传来的。在这短暂的黄昏时分,有某种转瞬即逝的、忧伤的东西笼罩着。并不只是一个人感觉到了,而是整个民族都感觉到了。至于我,我渴望爱如同他人渴望哭一样。我似乎觉得我睡眠中的每一小时从此都是从生命中窃来的……这就是说,是从无对象的欲望的时光中窃来的。就像在巴马的小咖啡馆里和旧金山修道院度过的激动时刻那样,我静止而紧张,没有力量反抗要把世界放在我双手中的巨大激情。

我清楚地知道,我错了,并知道有一些规定的界限。人们在这种条件下才从事创造。但是,爱是没有界限的,如果我能拥抱一切，那拥抱得笨拙又有什么关系。在热那亚有些女人，我整个早上都迷恋于她们的微笑。我再也看不见她们了。无疑，没有什么更简单的了。但是词语不会掩盖我的遗憾的火焰。我在旧金山修道院中的小井中看到鸽群的飞翔，我因此忘记了自己的干渴，我又感到干渴的时刻总会来临。

# 反叛者

　　反叛者是什么人？一个说"不"的人。然而，如果说他拒绝，他并不弃绝：这也是一个从投入行动起就说"是"的人。一个奴隶，他在以往都听命于人，突然他认为新的指令无法接受。这"不"字的含意是什么？

　　譬如，它意味着："事情延续太久了"，"至此，'是'；至此以后，'不'"，"您太过分了"，还有，"有您不能逾越的界限"。总之，这个"不"肯定了存在着一条界线。我们在被他人夸大了的反叛者的感情中发现了限制的概念，这种限制的概念同他把自己的权利扩展到界限以外是相同的，以这界限为起点，他面临着另一种权利，并受到了限制。这样，反叛的行动同时建立在以下两种基础上：断然拒绝被认为是无法容忍的僭越和模糊地确信某种正当权利。说得确切一点，反叛者觉得他"有权利……"反叛者始终怀着这种情感：在某些方面，在某些方式上，他是有理的。正是在此，反叛的奴隶同时说"是"和"不"。他肯定界限，同时也肯定他所猜疑的一切，并要在界限以内进行防卫。他执意表明在他身上有某种东西值得要求人们对此当心一点，他以某种方式把不忍受超出他所能容忍的压迫的某种权利与压迫他的秩序相对抗。

在排斥僭越者的同时，在整个反叛行为中，人整体地、即刻地进入自身的某些方面。因此，他不明显地使某种价值判断介入进来。尽管这种判断并无多少根据，他还是在危险之中保持着它。他至此保持着沉默，任凭自己受着绝望情绪的摆布，在这种绝望中，某种条件被接受下来，即使它被视为不公正的也罢。沉默，这就是使人相信自己不作判断也不希求任何东西。在某种情况下，确实是什么也不希求。一般说来，绝望同荒谬一样评判和希求一切。而在特殊情况下，则对任何事情不作评判，也无希求。沉默就明确地表明了这一点。但是，从他开口说话之时起，甚至当他说"不"的时候，他是在希求和评判。从词源上考究，反叛者的意思是作 180 度的大转弯。反叛者曾在其主子的鞭打下行走，现在他转身面向主人，他将更可取的东西与不可取的东西对立起来。并非所有的价值都会引起反叛，但是一切反叛的行动都不言而喻地会造成某种价值。至少，这说的是某种价值？

觉悟产生于反叛行动，尽管这十分模糊。感官即刻间敏锐起来，在人身上有某种人能够与之同化的东西，即使是暂时的也罢。至此为止，这种同化还不曾被真正地感知。在反抗之前，奴隶忍受着一切压榨行为。甚至，他往往毫不反抗地接受一些比起他的拒绝更令人厌恶的命令。他表现出了耐心，也许他在内心中拒绝这些命令，但是，他之所以保持沉默，是因为他关心眼前利益胜于意识到自己的权利。相反，随着耐心的消失，随着不耐烦情绪的增长，某种行动开始了，这种行动会伸展到过去曾被接受的一切，这股冲动几乎总是具有反作用。奴隶在拒绝接受主子命令的同时，也摒弃了自己的奴隶地位，反叛行动使他走得比普通的拒绝更远。他甚至超过了他过去为他的敌人所划定的界限，现在他要求得到平等待遇。人原先的一种不可制服的反抗，现在变成了整个的人，人与这种反抗成为同一的东西，并且二者都被概括于其中。他把他要使人们尊重的他的那一部分置于其他东西之上，并且宣称它比其他一切都更为可取，甚至比生命更可取。对于他来说，这一部分变成了最高利益。奴隶从前处于妥协之中，现在他突然投身于"一切"或"一无所有"之中，意识随着反叛而诞生。

但是，我们看到这种反抗既是相当阴暗的"一切"的意识，同时也是宣告人向这一切作出牺牲的可能性的"一无所有"的意识。反叛者要成为一切，他要与他猛然间意识到的这种利益完全地同化，他愿这种利益在他自身得到认可和敬重——或者什么都不是。也就是说，它被制约它的力量永远地削弱了。换言之，如果这种利益中被称作自由的那种独一无二的神圣物被剥夺了，那么，它就接受那种最终的衰落，即死亡。宁可站着死，不愿跪着生。用赫赫有名的作者的话来说，价值"最经常地代表着一种从事实向权利，从所希求物到令人希求物（一般通过共同希求的媒介）的过程"①。追求权利的过程是明显的，我们在反叛行为中已经看到了。从"这一切应当如此"到"我愿意这样"的过程也一样。个人在共同利益中的超越的概念也许更加显而易见。一切或一无所有的突然出现表明反叛对个人这个概念本身提出质疑，这同常人之见正相反，尽管反叛产生于人所包含的纯属个人的东西中。事实上，如果个人同意去死并且在反叛的行动中献身的话，他通过这行动表明他是为他所认为的自己命运中包含的利益而自

---

① 拉朗德：《哲学辞典》。

我牺牲的。如果他宁死不愿否定他所捍卫的这种权利的话，这是因为他把这种权利凌驾于他自身之上。因而，他是以某种尚属模糊的价值的名义行动的，但是，他至少感到这种价值对于他和他人来讲是共同的。如果这种肯定使人从他的假定的孤独中摆脱出来并且赋予他一种行动的理由，我们就看到蕴含在一切反叛行为中的肯定扩展到了超出个人的某物。但是必须指出这种存在于一切行动之前的价值是同纯粹的历史哲学相违背的，在纯粹历史哲学中，在行动之末取得价值（如果它能取得的话）。对反叛的分析至少会产生这样一种猜测，即如希腊人过去所设想的那样存在着人性，而这同当代思想的假设是相反的。若在自身中没有任何持久之物要防卫，为什么要反抗呢？当奴隶认为，由于某种命令，他身上的某些东西被否定了，则这种东西并不仅仅属于他，而是归众人所有。在这种东西中，所有的人，甚至包括侮辱他、压迫他的人，都有着一种共同点。

支持这种观点的有两类看法。首先，人们指出反叛行动在本质上并不是一种自私的运动。当然，这种运动可能有自私的打算。但反叛者既反对谎言也反对压迫。此外，从这些私利的打算出发，反叛者在他最深刻的激情中没有任何保留，因为他把所有的一切都投入进去了。无疑，他为了自身而强烈地要求得到尊重，但这只有在他与自然共同体同一时才会产生。

其次，请注意这种情况：反叛并不仅仅必然地产生于受压迫者，它也可能产生于受压迫的景象，而他人正是这种景象的受害者。在这种情况下，就有一种与另一个人发生同化的现象。必须指出，这里说的并不是心理的同化，即个人自以为冒犯是针对他而来的一种招数。相反，人们不忍看到我们自己曾经毫无反抗地承受的冒犯如今落在别人头上，这倒是可能的。俄国的恐怖主义者中的一些人在服苦役中看到自己的同伴受虐待就以自杀表示抗议，这就是这种伟大行动的明证。这里所谈的也不是利害关系一致而产生的那种感情。事实上，我们会对强加在被我们视为对手的那些人身上的不公正感到厌恶。这仅仅是命运和主见的同一而已。因此，个人要捍卫的这种价值并不属于他一个人。至少，应当由所有人来造就这种价值。在反叛中，人自我超越成为他人。由此看来，人的一致性是形而上学的。不过眼下谈及的只是在镣铐中产生的这种一致性。

人们可以进一步说明由反叛假定的价值的积极方面，把这种价值同完全否定的概念作对比。正如舍勒所指出的那种愤恨的概念。事实上，反叛的行动比提出强烈要求的行为更激烈。舍勒对愤恨下了很好的定义，把它比做一种在封闭环境中长时期无能为力所造成的自我毒化和有害的分泌物。反叛则相反，它使存在爆裂并且帮助存在流溢出来。反叛使河水畅通无阻，死水一潭变成汹涌潮流。舍勒本人强调愤恨的被动方面，同时指出他十分重视本性追求欲望和占有的妇女心理。相反，在反叛的起因上，有一种过分频繁的活动和力的原则。舍勒指出，欲望使愤恨火上浇油。但是，人们羡慕自己并不拥有的东西，而反叛者则维护自身。也不仅仅索取他并不拥有的利益或是人们可能从他那里巧取豪夺的东西。他的目的是让人承认他所拥有的某种东西。他几乎在一切场合都把这种东西视为比他所慕之物更加重要。反叛并不是现实主义的。舍勒还认为，愤恨根据它在坚强的或软弱的心灵中的发展而变得野心勃勃或者辛辣尖刻。但是，无论在哪种情况下，人们还是愿意变成另外的样子。愤恨永远是对自身的愤恨。反叛者则相反，他在最初的行动中就拒不让人触及他的为人。为了自己的一部分存在的完整而斗争。他并不首先致力于去征服，而是使人敬服，愤恨对它的怨恨对象尝到痛苦的滋味事先就津津乐道。泰尔蒂连①的作品告诉读者：在天堂，幸福的人们中最伟大的福乐源泉将是看到罗马皇帝们在地狱中受煎熬的景象。在这段文字中，尼采和舍勒看到了这种情感的最美妙的体现，这是完全有道理的。这种福乐也正是正直的人们去观看处决犯人时所感到的福乐。相反，反叛在原则上限于拒绝受辱，而不为他人去求屈辱。它甚至为了自身而甘心受苦，只求它的廉正得到尊重。

人们不明白，舍勒为什么把反叛精神与愤恨绝对地同一化。他用人道主义精神对愤恨所做的批判（他把人道主义当作人类之爱的非基督教形式加以论述）也许适用于人道的理想主义的某些模糊形式，或是适用于恐怖的技术。但是，这种批判在人对自身的反叛中，在使个人挺身捍卫人类共同尊严的斗争中都是不适合的。舍勒要证明人道主义伴随着对人的仇恨。人们热爱全体人类，而无需热爱个别的人。这在某些情况下是正确的，当我们看到舍勒认为人道主义的代表人物是伯当②和卢梭时，就更加理解他了。但是人对人的爱可能产生于其他事物而不是利害关系的考虑，或者产生于对人性的一种属于理论性的信念。有一种逻辑同功利主义和爱乐丝的家庭教师相对立，它以陀思妥耶夫斯基的《伊凡·卡拉马佐夫》中的观点为代表，从反叛的运动直至形而上学的反抗。舍勒理解这一切，他这样归纳这种观念："人世间并无足够的爱可浪费在他物上，而不是人身上。"即使这种看法是对的，它所假定的令人目眩的绝望也不值得蔑视。这种看法实

---

① 泰尔蒂连（150—160～2227），拉丁文宗教作家。——译者
② 伯当（1748～1832），英国哲学家，法学家。——译者

际并不承认卡拉马佐夫的反叛中含有分裂性。相反，伊凡的悲剧在于无对象的爱太多了。由于上帝已被否定，人们就以一种慷慨大度的共谋的名义把这种已变得无用的爱施于人类。

另外，在我们至此所研究的反叛运动中，由于心灵的贫乏以及对一种无成果的目的的追求，人们并不选择一种抽象的理想。人们要求那在人身上不能化为意念的东西得到重视，即只能用于存在而不能用于其他方面的这热情的部分。这是否意味着任何反叛都不带有愤恨呢？不是，而且我们在这个怨恨甚多的时代已见得相当多了。但是，我们应从最广义的角度来理解这种概念，否则就会违背本意。在这方面，反叛在各处均充满愤恨。在《于勒万高地》中，当哈特克里夫宁要爱情而不要上帝，并要求入地狱以同他的爱人相聚时，这就不仅是他的受辱的青春年华，而是他整个一生坎坷的经历在诉说。同样的行为使艾卡尔口若悬河地宣称他宁愿同耶稣一起留在地狱而不愿待在没有耶稣的天堂。这就是爱的行动本身。因此，人们不能过分强调贯穿着反叛行动的热情的肯定。这种肯定使这种行动与愤恨相区别，以此反对舍勒的观点。反叛貌似否定，因为它并无建树，但在本质上讲却是肯定的，因为它揭示出在人身上始终要捍卫的东西。

然而，说到底，这种反叛以及它所负载的价值丝毫都不是相对的吗？确实，随着时代和文明的发展，人们反叛的理由似乎也发生了变化。很明显，印度的贱民，印加帝国的武士，中非的原始居民或是基督教最初共同体的成员都与反叛的概念并无相同之处。人们甚至可以颇有根据地认为反叛的观念在这些确切的情况下是无意义的。然而，希腊的奴隶、农奴，文艺复兴时期的雇佣兵，摄政时期的巴黎资产者，1900年时代的俄国知识分子和当代的工人，倘若他们对反叛的理由所持的观点可能不同，那他们对反叛的合理性的看法却肯定是一致的。换言之，反叛的问题似乎只有在西方思想的内部才有确切的意义。按舍勒的观点，我们注意到，反叛精神在极其不平等的社会（如印度的种姓制度）或绝对平等的社会（如某些原始社会）中是难以表现出来的。反叛精神在社会中，只可能存在于某种理论的平等掩盖着事实的不平等的集团中。反叛的问题在我们西方社会内部是毫无意义的。倘若前面的看法还没有使我们提防这种结论的话，我们也许会说这种行动与个人主义的发展有关。

显而易见，人们从舍勒的观点中所能得出的结论，就是在我们社会内部通过政治自由的理论使人的概念在人们头脑中有所发展，通过政治自由的实践，产生一种相应的不满足。事实的自由只有同人的意识成比例地发展起来。由此，我们只能得出这样的结论反叛是熟悉情况的人的所作所为，他意识到了自己的权利。然而，我们丝毫也不能说这仅仅是个人的权利。相反，鉴于那种已经指明的一致性，这似乎是一种人类在自身经历的过程中主动取得的越来越广泛的意识。事实上，无论是印加帝国的臣民还是印度的贱民，都不会提出反叛的问题，因为对他们来讲，这个问题已经在某种传统中得到解决了，甚至在他们能提出问题之前就已解决了，因为答案是神灵的事物。如果说在神灵的世界中，不存在反叛的问题，这是因为事实上人们在那里没有发现任何实际问题，所有的答案已经一次做出。形而上学已由神话取代。疑问已不再存在，只有答案和永久的解释，这些解释于是成为形而上学的。但是在人进入神灵之前，也为了人方便地进入神圣，或者在人一旦从神圣中出来时予以方便，于是就有了疑问和反叛。反叛的人是处于神圣之前或之后的人，他专心于索求一种人类的秩序。在这种秩序中，一切答案都具有人性，也就是说是合情合理地做出的答案。从此时起，一切疑问，一切言论就是反叛；而在神圣世界中，一切言论都是圣宠的行为，这就有可能指出，对于人的精神来讲，只能是两种可能的世界，神圣的世界（用基督教的语言来说，就是圣宠的世界①）和反叛的世界。一个世界的消失就等于另一个世界的出现，尽管这种出现可能以令人困惑的形式实现。在此，我们或再次发现了一切，或一无所有。反叛问题的现实性仅仅在于整个社会今天愿同神圣保持距离。我们生活在一个非神圣化的历史阶段。但是，当代的历史通过它提出异议，迫使我们认为反叛是人的基本范畴之一。它是我们的历史现实。除非逃避现实，否则就应当在它那里找到我们的价格。人们能在远离神圣和神圣的绝对价值之处找到行为的准则吗？这就是反叛提出的问题。

我们已经能够获得产生于反叛所在界限边缘的那种模糊的价值。现在我们要问：这种价值是否又处在反叛的思想和行动的当代形式中？如果说它处在这种形式中，那么应确切说明其内涵，但是，在深入研究之前，请注意这一点：这种价值的基础就是反叛本身。人的一致性建立在反叛行动之上，而这种反叛行动只有在这种合谋中才能证明自身是正确的。因此，我们将有权利允许自己否认或是摧毁这种一致性的反叛，顿时失去了反叛这个名字，实际上与赞同谋杀无异。同样，脱离了神圣的一致性只有在反叛的范围内才有生命力。于是反叛思想的真正悲剧就开始了。为了存在，人不得不反叛，但是人的反叛必须遵守反叛在自身发现的界限，人们在这种界限上聚集，并开始存在。反叛的思想不

① 当然，在基督教诞生之初，曾有过形而上学的反叛，但是耶稣基督的复活，耶稣再临人间和被说成永生的上帝的王国便是答案，它使这种反叛变成无用。

能脱离记忆，这种思想是一种永久的紧张。当我们在行为和行动中追随这种思想时，我们每每必问它是否仍然忠实于自身先前的高贵或者把自己的高贵忘却了，它由于厌倦和狂乱而沉醉于暴虐或奴役之中。

在此，请看最初浸透了世界的荒诞和明显无成果的思考在反叛精神推动下所取得的初步进步。在荒谬的经历中，苦难是个人的。从反叛的行动起，苦难便有了集体的意识，它成了众人的冒险行动。异常奇特的精神所取得的初步进步就是认识到它同所有的人分享这种奇特性，并且人的现实从总体上说忍受着同自身、同世界保持这种距离之苦。使一人遭受的苦难变成集体的灾难。在我们日常所遇到的艰难中，反叛起着"反思"在思想的秩序中所起的同样的作用：它是最明显的事实。但是，这个明显的事实使个人摆脱自身的孤独。它是把首要的价值建立在众人基础上的共同基点。我反叛，因而，我们存在。

# 历史的反叛

自由，这个写在风暴战车上的可怕字眼属于一切革命[①]的原则。若无自由，正义在反叛者看来就是不可思议的了。然而正义要求取消自由的时刻来临了。恐怖，或大或小的恐怖环绕着革命。每一次的反叛都是对纯洁的怀念，都是向着存在发出的呼唤。但是怀念有朝一日拿起了武器，它承担起十足的罪恶——谋杀和暴力。奴隶的反叛、弑君的革命和 20 世纪的革命自觉地承诺了越来越大的罪恶，因为它们都打算建立起越来越完全的自由。这种矛盾变得十分尖锐，它使我们的革命者失去了昔日在我们制宪议会成员脸上及演说中闪耀着的幸福与希望的神采。这种矛盾是不可避免的吗？它标志或体现着反叛的价值吗？这涉及革命提出的问题，正如过去涉及形而上学反叛提出的问题一样。事实上，革命只是形而上学反叛的逻辑的继续，在对革命运动的分析中，我们将会看到同一种竭尽全力、不惜流血的努力，为了在否定人的事物面前肯定人。革命精神就这样捍卫了不甘屈服的人

---

① 革命（Revolution）在天文学上意为运行、绕转。——译者

的这一部分。只不过它试图赋予人对时代的统治。鉴于一种不可避免的逻辑，它拒绝上帝，选择了历史。

在理论上，革命这个词保留着它在天文学上所包含的意义。这是一种扣环的运动，这种运动经过完整的转移由一个政府过渡到另一个政府。仅仅有所有制的变化而无相应政府的更迭，这不是革命而是改良。绝没有不同时显示为政治革命的经济革命，不管这种革命的手段是流血的还是和平的。由此，革命已有别于反叛。"不，陛下，这不是叛乱，而是一场革命。"① 这句名言已经强调指出了这种基本差异。它的确切含义是："确信会出现新政府。"反叛行动从其根源上看是持续不久的，它仅是一种连贯的见证。相反，革命以思想为先导。确切地说，革命就是把思想灌输到历史经验中去；而反叛只不过是从个人经验走向思想的运动。革命是一种根据思想规范行动，在某种理论范围内改造世界的企图。而反叛的历史，即使是集体的也罢，总是一部投射于事实的无出路的历史，一部既不牵涉制度也不涉及理性的阴暗的抗议史。因此，反叛残杀生灵，而革命则同时毁灭人和原则。但是鉴于同样的道理，我们能够说历史上尚未发生过革命。只会有一种革命，这种革命就是最终的革命。完成了扣环的运动似乎在政府组成的同一时刻已经打开了新的一环。以瓦尔莱为首的无政府主义者清楚地看到政府与革命在直接意义上是不相容的。普鲁东说："认为政府会是革命的，这种说法是自相矛盾的，而这只是因为政府就是政府。"根据以往的经验，对此还可补充一句："政府只有在反对其他政府时，它才是革命的。"革命的政府在大多数情况下必然是好战的政府。革命越发展，革命所意味的战争赌

① 弗洛代·奥内梯语。——译者

注就越大。1789 年中诞生的社会愿为欧洲而战，1917 年革命中诞生的社会为统治全世界而战。整体的革命最终要求建立世界帝国，下面我们还要说明其中的原因。

在等待成功的同时（如果这种成功会来临的话），人的历史在某种意义上讲是人前赴后继进行的反叛的总和。换句话说，在空间得以清晰地表现的转移运动在时间上只是一种近似。19 世纪被人们虔诚地称为人类解放的东西，从外部显现为一系列不间断的反叛，这些反叛相互超越，并且试图在思想中发现自己的形式，然而，它们并没有实现可以稳定天下的最终的革命。表面的考察并不是从真正的解放出发得出人自己肯定自己的结论，这种肯定越来越扩大，但始终未完成。如果曾经发生过革命，那就肯定不再有历史了，可能会有的是幸运的统一和心满意足的死亡。因此，所有的革命者都以世界统一为最终目的，他们的行为就似乎表明他们相信历史的终了。20 世纪革命的特色是它第一次公开声称要实现阿纳沙尔西斯，克洛兹①的夙愿，即人类的统一和历史最终的完成。正如反叛运动最终达到"一切或全无"，正如形而上学的反叛要求世界的统一，20 世纪的革命运动达到了自身逻辑最明确的结果之后，就手持武器强烈要求历史的整体性。反叛于是受命变成革命的反叛，否则就会成为不足为道的，或被时代淘汰。对于反叛者来说，问题不再是像斯梯内②那样把自己奉为神明，或是在姿态上独自脱身，而是把尼采这类人奉为神明并肩负起他的超人类的理想，按伊凡·卡拉玛佐夫的心愿普度众生。群魔第一次登台并且阐明了当代的秘密之一，理性和强权意志的

---

① 阿纳沙尔西斯·克洛兹（1755～1794），即克洛兹男爵，国民公会议员。原名让·巴博蒂斯特，外号阿纳沙尔西斯。1794 年被处死。——译者

② 斯梯内（1806～1856），德国哲学家。——译者

同一性。上帝已经死了，应当由人的力量来改造和组织世界。仅有诅咒的力量是不够了，应当有武器并且要征服整体。革命本身，尤其是被称为唯物主义的革命，只是一场过分的形而上学的十字军远征而已。然而整体就是统一吗？这正是本文应当回答的问题。人们仅仅看到这种分析的语言并不是无数次地重复描述革命的现象，也不是一次再一次地统计各次大革命的历史或经济原因，而是要在某些革命事实中重新发现符合逻辑的发展，重新发现对形而上学反叛的阐述和它的持久的主题。

大部分的革命在谋杀中成型并具有自身的特色。所有的或几乎所有的革命都曾经是杀戮。其中甚至有些还弑君和弑神。如形而上学的反叛的历史是随着萨德开始，我们的论题只是随同弑君、随同当代人开始，这些当代人攻击神的化身，而并不敢废除永恒的原则。但是，从前，人的历史也向我们指明了最初的反叛运动的等同物，即奴隶的运动。

哪里有奴隶反抗奴隶主，哪里就会有一个人在残忍的土地上远离原则起来反对另一个人，其结果就只是谋杀人。奴隶暴动、农民起义、穷人战争、农夫反叛均提出了相同的原则——一命换一命。不管怎样的有勇气和神秘化，人们还是在革命精神最纯粹的形式——例如1905年的俄国恐怖主义中，重新发现这种原则。

在这方面，古代社会末期、公元前几十年发生的斯巴达克斯起义具有典型性。人们首先会注意到这是一场角斗士的反叛，也就是说，这是一些专门从事人与人格斗的奴隶的反叛。为了给奴隶主们取乐，他们杀人或者被人所杀。这次叛乱开始只有70人，最后发展成为一支拥有7万起义者的军队，这支军队打败了罗马最精锐的荣誉军团，北上意大利，向这座永恒城市进军。然而，如安德烈·普吕道莫①所指出的那样，这场起义并没有给罗马社会带来任何新的原则。斯巴达克斯发出的宣言局限于允诺奴隶们获得"平等权利"。这种从事实向权利的发展过程，我们已在反叛的最初运动中作了分析，它实际上是人们在这一层次的反叛中所能发现的唯一符合逻辑的成果。反抗者拒绝受奴役，宣称自己同奴隶主是平等的，然后再轮到自己当奴隶主。

斯巴达克斯的反叛始终阐明这种要求的原则。奴隶的军队解放了奴隶，又立即把他们过去的主人供给这些奴隶奴役。根据传统，当然这也许并不可靠，起义军似乎还把好几百罗马公民组织起来进行角斗，奴隶们坐在看台上观看，狂欢作乐。然而，杀人只能导致杀死更多的人。为了使一种原则得胜，必须打倒一种原则。斯巴达克斯曾幻想过的太阳城只能屹立在永恒的罗马、罗马诸神和罗马机构的废墟上。斯巴达克斯的军队确实进军罗马，要围攻这座城市。想到要抵偿自己的罪行，罗马惊恐万状。然而，在这关键时刻，看到那神圣的城墙，起义军就停止前进并且后退了，就如同它在原则、机构、诸神之城面前退却一样。这座城市被摧毁了，用什么来取代它呢？除了这种寻求正义的野蛮愿望以外，除了这种受到创伤并变得恼怒的、使那些不幸者坚持至此的爱以外，还有什么呢？② 不管怎样，起义军不战而退，并且奇怪地决定沿着他们得胜的路线走了回头路，重返西西里岛。这些不幸者好像从此就孤立无援了，在等待着他们的伟大使命面前赤手空拳，在要进行冲击的这块大地面前失去了勇气，他们回转到他们历史上最纯粹、最热烈的时刻，回到了发出第一声呐喊的土地

① 《斯巴达克斯的悲剧》。斯巴达克斯札记。
② 斯巴达克斯的起义实际上采用了在它之前的奴隶起义的纲领。但是这纲领归结为分田地和取消奴隶制，并没有直接触及到城市的诸神。

上，在那里，死亡是容易的，甜美的。

失败和殉难从此开始。在最后决战之前，斯巴达克斯让人把一个罗马公民钉在十字架上，他想告诉他的士兵们等待他们的是什么样的命运，在战斗中，斯巴达克斯以具有明显象征意义的猛烈动作一再试图进攻罗马荣誉军团统帅克拉苏。他要殉难，但这是要在与此时象征着所有罗马奴隶主的那个人的格斗中死去。他愿死去，但这是在最高度的平等中死去。他没有攻下克拉苏：诸种原则在远处进行交战，克拉苏在一旁观战。斯巴达克斯如愿以偿地死去，但他死在雇佣军手下——那些同他一样的奴隶。他们扼杀了他们自己的自由和他的自由。一个罗马公民被钉在十字架上，克拉苏以处死数千奴隶来做回答。正义的反叛历经沧桑，随之而来的是 6000 座十字架，矗立在从卡布到罗马的公路上。这些十字架告诉奴隶们，在强权世界里不存在等同，奴隶主们成倍地计算他们自己鲜血的代价。

十字架也是基督受难的刑具。人们能设想，基督在若干年之后选择奴隶所受的惩罚仅仅是为了缩小把受凌辱的创造物与上帝的无情面容隔开的这种可怕的距离。基督为人求情，也遭受到最大的不公正待遇，为的是世界不再被分割为二，为的是使痛苦感动上天，使上天不再受到人类的诅咒。革命精神要表明天与地的分离，于是杀死神明在世上的代理人，以此作为使神明脱离肉体的开始。对此有谁会感到惊讶呢？1793 年，反叛的时代以某种方式告终，建立在断头台之上的革命时代开始了。①

---

① 本文对基督教内部的反叛精神并无兴趣，不涉及宗教改革，也不涉及宗教改革之前的反对神学权威的多次反叛，但人们至少可说宗教改革为宗教的雅各宾主义作了准备，并且在某种意义上开始了 1789 年要结束的事情。

# 弑　君

　　远在 1793 年 1 月 21 日之前，在 19 世纪的弑君之前，一些君主已遭杀害。然而，拉伐雅克田①，达米扬②，还有与他们匹敌的人要伤害国王本人，而不是原则。他们想要换一个国王，或者什么也不要。他们不能设想王位能永远空着。1789 年位于现代社会的连接点上，因为那个时代的人在百忙中曾要推翻神权原则并使否定的力量和在近几个世纪精神领域斗争中形成的反叛力量进入历史中去。他们除了具有诛戮暴君的传统之外，还理直气壮地弑神。所谓的放任思想，即哲学家和法学家的思想，就成为这场革命③的杠杆。要使这样的行为成为可能并且自认有理，首先应当使教会——这是教会无比巨大的责任，通过一种在宗教裁判所时期就盛行的而且在同俗权的合谋中得以持久的行动站到统治

---

　　① 拉伐雅克（1578～1610），杀害亨利四世的凶手。——译者
　　② 达米扬（1715～1757），曾用小刀刺过路易十五。——译者
　　③ 可是，君王们也协助了这场革命，他们逐渐把政治权力增加给宗教的努力，这样就毁掉了他们合法性的原则。——译者

者的一边，并且由它承担起令人痛苦的职责。当米什莱①在革命时代只顾看到两个大人物时，他并没有弄错基督教和大革命。对他来说，1789 年在宽恕和正义之间的斗争中得到解释。尽管米什莱在他所处的狂乱时代中对大的实体曾发生过兴趣，但他从中看到了革命危机的深刻原因之一。

倘若说，旧制度的王朝并不总在它的政府里表现出专横——远不是那样，那么它在原则上毫无疑问是专横的。它代表着神权，也就是说它的合法性是不容违抗的。但这种合法性却常常受到非议，特别受到国会的非议。那些行使这种合法性的人把它看成并说成是一种公理。正如人们所说，路易十四在这个原则上是坚定不移的②，博须埃③在这个问题上帮了他的忙，他对国王们说："你们是神。"在某一方面，国王是主持世俗事物的神权代表，因此是主持正义的。像上帝一样，国王是受苦受难者最后的救援者。人民在反对压迫者的斗争中，原则上是能够向国王呼吁的。"但愿国王知道，但愿沙皇知道……"这确实是处在贫困之中的法国和俄国人民的感情流露。确实，至少在法国，君主政体在了解情况时往往试图保护民众反对权贵与有产者的压迫。然而，这就是主持正义吗？不，从当代作家所持的绝对观点来看并不如此。若人们能够求助于国王，人们并不能求助于国王来反对作为原则化身的国王。如果国王愿意，当他能做到时，他会提供帮助和支援。随意性是这种恩惠的属性之一。具有神权政治形式的君主政体是一种把恩惠置于公正之上，赋予恩惠以最后发言权

---

① 米什莱（1798～1874），法国历史学家。——译者

② 查理一世在这方面坚持神权。他并不认为必须对那些否定神权的人表示公正和正直。

③ 博须埃（1627～1704），法国作家。——译者

的政府。萨瓦耶本堂神父的信仰自由①正相反，它并没有其他与众不同之处，而只是使上帝服从于正义，并且以一种略带时代天真的庄严开创了现代历史。

事实上，从放任思想对上帝提出质疑的时刻起，它就把正义问题摆在首位。只不过在那时，正义与平等混为一谈。上帝摇摇欲坠，而正义为了在平等之中得到肯定，应当直接攻击上帝在人世间的代理人以给上帝致命打击。用自然权利与神权相对抗，并迫使神权在 1789 到 1792 年这三年期间向自然权利做出让步和妥协，这就已经摧毁了神权。圣宠不会在最后妥协。它在某些方面可能会让步，但决不会在最后一点上让步。不过这还不够。照米什莱的说法，路易十六在狱中还想当国王。新原则统治下的法国某地，被战胜了的原则由于独一无二的存在与信念的力量而在监狱的围墙之中永久地存在着。正义同圣宠有这样一种共同之处，但也仅仅是在这一点上，即正义要成为完全的并且要实行绝对的统治。从它们发生冲突时起，它们就进行着殊死的斗争。丹东说："我们并不想对国王判刑，他并没有法学家的文雅举止，我们要处死他。"若否定上帝，就必须处死国王。似乎是圣·茹斯特②让人处死路易十六，但当他宣称"确定被告也许要被处死的那种原则，就是确定审判被告的那个社会赖以生存的原则"时，他指出是哲学家们将处死国王：国王应当以社会契约论的名义去死。③ 这一点还有待于阐明。

---

① 见卢梭：《萨瓦耶本堂神父的信仰的自由》。——译者
② 圣·茹斯特（1767~1794），法国政治人物，曾任国民公会议员，后被罗伯斯庇尔处死。——译者
③ 卢梭当然不会同意的。为了对这种分析划定范围，应当在本分析之首加上卢梭坚定声明的东西："世上没有任何东西值得以人类鲜血为代价去购得。"

# 新福音书

《社会契约论》首先是对政权的合法性的一种探索。但这是一部有关权利的著作，而不是一部就事论事的作品，[①] 这本书在任何时刻都不是一部社会学观察集。这本书探索的问题涉及原则，因此它是一部提出非议的作品。它认为，被看作渊源于神权的传统合法性并不存在。它提出了另一种合法性和其他一些原则。《社会契约论》也是一种教理讲授，它的口气和所用语言具有教理式讲授的教条。由于在 1789 年英国和美国的革命已取得胜利，卢梭把在赫伯[②]作品中所看到的契约理论推至他的逻辑极限。《社会契约论》对新宗教作了重大发展并进行了教条式的阐述，这种新宗教的神就是与自然相混淆的理性。这种新宗教在人间的代理人不是国王，而是从总体意志中观察的人民。

这本书对传统秩序的攻击十分明显，从第一章起，卢梭就致力于证明公民间的契约（它构成了人民）先于人民和国王之间的

---

① 参见《论不平等的起源》："让我们从排除所有的事实开始吧，因为它们丝毫不涉及这问题。"

② 赫伯（1588～1679），英国哲学家。——译者

契约（它建立起王权）。到卢梭为止，上帝造成国王，国王又造成了人民。自《社会契约论》问世起，人民在造成国王之前就自我造就。至于上帝，暂时不再有他的份。在政治秩序中，我们看到一种牛顿革命的等同物，政权不再渊于专横，而是源于全体的赞同。换言之，它不再是其现在所是，而是其应该所是。幸亏卢梭认为现在所是同应该所是不可分开。人们是主宰，"仅因为此，人民总应该是些什么。"在这种原则面前，人们能这样说。当时人们一再引用的理性并没有得到深入的探讨。显然，随着《社会契约论》的问世，我们看到了一种修神学的诞生，因为总体意志被假定为上帝本人。卢梭说："我们之中每个人都把自身归于共有，把本人全部能量置于总体意志的最高领导之下，我们接受每个成员，把他作为整体的不可分割的部分。"

　　这个政治人物被人视为神明，成为至高无上的人，他具有神明的一切属性。他是不会出差错的，因为这位统治者不可能染上流弊。"在理性的法则下，没有任何东西的形成是没有起因的。"如果"绝对的自由是针对自身而言的自由"这句话是正确的话，那么人就是完全自由的。卢梭宣称他反对政治体的这种本质，即统治者给自己规定的他不会触犯的法律。这个政治人物也是不可剥夺、不可分割的，他最终甚至还要解决神学大问题，解决上帝和神明的无辜之间的矛盾。总体的意志确实具有强制力，它威力无穷。然而，总体意志对拒绝服从它的人的惩罚不是别的，而是"迫使他成为自由人"。当卢梭使统治者与其渊源脱离，因此把总体意志与众人意志区分开来时，弑神也就告终了。这些都能从卢梭最初的作品中合乎逻辑地推断出来。如果人生来就是善的，如果本性在人身上同理性是一致的话,① 人就会最好地体现理性,条件是他能自由地、自然地表达看法。因此,他不再能收回自己的决定,这决定从今以后凌驾在他之上。总体意志首先是普遍理性的表现,而普遍理性是不容置疑的。新的上帝诞生了。

这就是为什么我们在《社会契约论》中最经常地看到"绝对的"、"神圣的"、"不可侵犯的"这些字眼的原因。这样确定的政治体所制定的法律就成为神圣的指令。这种政治体只是尘世间基督教徒的神秘体的替代物而已。《社会契约论》是在对平民宗教的描写中结束的,它使卢梭变成了一个近代社会的先驱。这种社会不仅排除对抗,也排除中立。卢梭确是现代第一个发表平民宗教信仰宣言的人,他也是第一个在世俗社会里为死刑辩解的人,他还主张臣民对统治者王权的绝对服从。"正是为了不做刽子手的刀下鬼,人们同意去死,如果要成为受害者的话。"这是一种奇怪的辩解,然而它却明确指出,如果统治者下令去死,那就应当善于去死,而且如果必要,还应当违心地承认统治者有理。这种神秘主义的观念解释了圣·茹斯特从被捕到被处死始终保持沉默的原因。经适当发挥,这种观念也很好地解释了斯大林时期案件中的那些满怀热情的被告者。

在此,我们处在一种宗教问世之际,连同它的殉难者、苦修者和圣人们。为了清楚地判断这部福音书所产生的影响,应当对1789年各种宣言受到这部福音书启迪的基调有个概括了解。富歇面对从巴士底狱挖掘出来的尸骨堆高声说:"醒悟的时刻到来了……尸骨听到法国自由之声站立起来;他们向压迫和死亡的时代提出了控诉,预言着人性和民族生命的新生。"他于是预言:

---

① 一切意识都是反对心理的。

"我们到达历史长河的中段，暴君们烂熟了。"这是欢悦和慷慨的信念时刻，即卓绝的人民在凡尔赛推翻了断头台和车轮的时刻。[①]断头台像宗教和非正义的祭台一样，新的信仰不能容忍它们。然而，如果这种信仰成为教条，那么它树起自己的祭台并且要求无条件敬爱的时刻就来临了。那时，断头台将再次出现，尽管有祭台、自由、理性的誓言和节目，新信念的弥撒将在鲜血中进行庆祝。不管怎样，为了使 1789 年标志"神圣人类"[②]和"人类上帝"[③]统治的开端，首先应当处死被赶下台的统治者。杀死国王——神甫将开辟新时代，这个时代还在继续着。

---

① 1905 年俄国也具有同样的激情，圣彼得堡苏维埃举着标语示威要求取消死刑，1917 年还进行了一次。车轮——一种刑法，把四肢折断的犯人缚在轮子上，让他慢慢死去。——译者

② 凡尔涅奥语。

③ 阿纳沙尔西斯，克洛兹语。

# 处死国王

　　圣·茹斯特把卢梭的思想引入历史。在对国王的起诉中，他的论证的实质是要说明国王并不是不可侵犯的，他应受到国会审判，而不是法庭审判。他的论据来自卢梭思想。法庭不能在国王和统治者之间充当法官。总体意志不能在普遍的法官面前被引证，它高于一切事物。于是这种意志的不可侵犯性和超越性被公布于众。我们知道，诉讼的重大原则正相反，它曾是国王本人的不可侵犯性。圣宠与正义之间的斗争在 1793 年表现得最露骨，超越的两种观念在 1793 年发生了殊死的对抗。另外，圣·茹斯特完全意识到了这场争斗的伟大意义："人们审判国王的那种精神也将是人们建立共和国的那种精神。"

　　圣·茹斯特发表的著名演说带有十足的神学研究味道。"外国的路易在我们中间。"这就是这位年轻起诉者的论点。如果一项自然契约或民约能把国王和他的百姓连在一起的话，那就会成为一种互相的约束，人民的意志将不能作为绝对法官做出绝对的判决。问题是要证明任何关系都不能把人民同国王连在一起。为了证明人民自身就包含着永恒的真理。就必须指出王权本身就包含着永恒的罪恶。圣·茹斯特就把"任何一个国王都是叛徒或篡位者"当作公理提出来。国王是人民的叛徒，他篡夺了人民的绝对主权。君主政体根本不是一位国王，"它是罪恶"，不是某种罪恶，而是整体的罪恶。圣·茹斯特这样说，也就是说它是对圣物的绝对亵渎。这就是圣·茹斯特那句被人过分夸大意义的话的准确而同时也是过激的含义①："谁也不能实行统治而自己又是无辜的。"任何一个国王都是有罪的，一个人想当国王，他就应该死。当圣·茹斯特指出人民的主权是"神圣的事"时，他说的正是同样的事。公民们在他们之间是不可侵犯的和神圣的，公民们只能受到法律——他们共同意志的表现的约束。只有路易十六一人不享有这种特殊的不可侵犯性和法律的保护，因为他是社会契约之外的人。他并不是这种总体意志的一部分，因为正相反，他的存在本身表明他是这种至高无上意志的亵渎者。他不是"公民"，而公民是参与年轻的神明的唯一方式。"对于法国人来说，国王算什么？"因此他该受审，仅此而已。

但是，谁来表达这种意志并进行宣判呢？鉴于国民议会的由来，它体现着这种意志，而且它作为受神灵启迪的评议团，具有新的神明的性质。然而，还要提交人民来批准这判决吗？人们知道，国会中的保皇派所做的努力最终力争做到这一点。这样，国王的生命就能摆脱法学家——有产者们的逻辑而交托给人民的自发的热忱和同情。然而，圣·茹斯特再次把他的逻辑推向极端并利用卢梭提出的总体意志和众人意志之间的对立。当众人都表示谅解时，总体意志却不能这样做。人民本身也无法抹去暴君的罪

---

① 或是至少人们提前提出这句话的意义。当圣，茹斯特说这句话时，他还不知道他是针对自己说的。

行。从法律角度看，受害者难道不能撤销控告吗？我们不是在谈法律，而是在谈神学。国王的罪行同时是一种反对最高秩序的罪过。犯下一种罪行，然后得到原谅、受到惩罚或被人遗忘。然而，王权的罪行是永久的，它同国王本人、同国王的存在相联系。若基督本人能够原谅有罪之人的话，他却不能宽恕假神。这些假神或者会销声匿迹，或者会取得胜利。如果人民今天表示谅解，那明天就会发现罪恶还是原封不动，即使罪犯安睡在地狱中也罢。因此，只有一条出路："处死国王，替被杀者报仇。"

圣·茹斯特的演讲旨在一个又一个地堵住国王的出路，除去通往断头台的路。如果《社会契约论》的前提被人们接受，那么这个结局必是不可避免的。在他之后，"所有的国王都将逃往荒漠，自然将重新恢复自身的权利"。国民公会①尽管表示保留态度并称它并不预言是否要审判路易十六或是发布安全措施，它在它自己的原则面前推卸责任，并且试图采用令人厌恶的虚伪手段掩盖它建立一种新的专制主义的真正意图。雅克·鲁至少深知当时的实际情况，他称路易十六国王是最后一个国王，这就表明这场在经济领域已经完成的真正革命正在哲学范围内完成，并且标志着诸神末日即将来临。1789 年，僧侣政治已经在原则上受到抨击。1793 年，它又在自身世俗化的过程中被铲除了。布里索②说得好："我们革命的最坚实的丰碑是哲学。"③

---

① 国民公会于 1792 年 9 月 21 日成立，1795 年 10 月 26 日告终，它是继立法议会后成立的革命议会，宣告了共和国的诞生。——译者

② 布里索（1754～1793），记者、政治人物、立法议会和国民公会议员，吉隆党首领之一。——译者

③ 僧侣挑动起的旺岱战争更证明他有道理。

1月21日，国王——神甫被处死，被人们意味深长地称为路易十六的受难也随之结束。把公开谋杀一个软弱、善良的人说成是我们历史上的伟大时刻，这确实是令人厌恶的丑闻。这个断头台并不是达到巅峰的标志，还差得远呢。至少，对国王的审判从其理由和后果来看都是我们近代史上的一个连接点。这审判象征着这部历史的非神圣化和基督教之神的非物质化。至此，上帝通过国王与历史交织在一起。但是上帝的历史代理人已被处死，不再有国王了。因此，只存在一个被遗弃在原则领域里的上帝形象而已。①

革命党人称自己信仰福音书。他们实际上给基督教以可怕的打击，使之至今还没有恢复元气。似乎确应如此，处死国王以及随之而来的一系列自杀或发疯的癫狂事件完全是在处于完成过程中的意识内部展开的。路易十六似乎曾怀疑过他自己的神权，尽管他一再否定有损于他的信念的法律草案。但是，自从他料到并得知自己的命运时起，他的言谈表明：他似乎把自己当作执行神之使命的化身，说得明白一点，危害他本人就是针对国王——耶稣，即神明的代理人，而不是人的被吓瘫的肉体。在他被囚于寺院②时，床头书是《模仿》。这个心肠一般的人在他生命的最后时刻表现出的是温和、完美，他对外界的一切漠然处之，他在孤独的断头台上直面压住他的声音的可怕鼓声，那样远离他希望能听到他声音的百姓，这一切都使人想到，这不是身穿无袖外套的主教③，而是具有神权的路易即将死去。从某种意义上可以说，随

---

① 这就是以后康德、雅可比和费希特的上帝。
② 囚禁路易十六的寺院，建于12世纪，毁于1811年。——译者
③ 人们称路易十六为主持宗教礼仪、身穿无袖外套的主教。——译者

他而去的是世俗的基督教民族。为了更好地表明这种神圣的联系，路易十六的忏悔牧师在他晕过去时扶住了他，并对他说他像痛苦之神。路易十六于是振作起来，重复这个神说过的话："我尝尽艰辛。"然后，他战栗着，任凭刽子手摆布。

# 品德的宗教

但是，这样处死旧君王的宗教现在该建立起新统治者的强权，它关闭了教堂，这使它得以试图建立寺院。诸神的鲜血溅到了路易十六这个神甫的身上，预示着新的洗礼。约瑟夫，德·梅斯特称大革命是邪恶的。人们看到为什么，并且在何种意义上，当米什莱称大革命与地狱一般的时候，他的说法更加接近真实情况。在这条隧道里，一个时代盲目地投身进来，寻找新的光明，新的福乐，寻找真正的神的面目。而这个新神是什么样的？还是去问问圣·茹斯特吧！

1789年并没有肯定人的神性，而是人民的神性，这是以人民的意志与自然及理性的意志相吻合为条件的。如果说，总体意志得以自由表达，它只能是理性的普遍表现而已。如果人民是自由的，那么它是不会出差错的。国王被处死了，旧专制主义的镣铐被砸碎了，人民便要说出任何时代、任何地方以及现在、过去、将来都是真理的东西。人民是降示的神，应当求神降示以得知世界永恒秩序要求的是什么。Vox Populi, Vox naturae（人民之声，自然之声）。永恒的原则支配着我们的行为：真理、正义、理性。这就是新的神。成群的少女在欢呼理性时所崇敬的上帝只是过去的神，它被剥夺了代表它的化身，突然与尘世切断了一切联系，像气球那样被送上失去一切重大原则的天空。哲学家和律师之神失去了自己的代理人和说情人，只有一种论证的价值。这个神十分虚弱，人们知道卢梭提倡宽容，但他却认为应当把无神论者判处死刑。为了长久地热爱某种公理，光有信念是不够的，还要有警察。1793 年，新的信念还是完整无缺的，按圣·茹斯特的说法，只要依照理性进行治理就足够了。他认为，统治的艺术只产生妖魔，因为直至他为止，人们都不愿意按照本性进行统治。妖魔的时代随着暴力时代的结束而告终。人心从本性走向强暴，从强暴走向道德。道德只是经过几个世纪的异化后终于复得的本性而已。只要赋予人以"根据本性和良心"制定的法律，他就不再会是不幸的，不再受到腐蚀。普选是新法律的基石，必然会带来一种普遍的道德。我们的目的是建立事物的秩序，就像建起对善的普遍爱好那样。

理性的宗教十分自然地建起了法律共和国。总体意志由其代表人物通过法律条款表达出来。人民进行革命，立法者创立共和国。"不朽的、铁面无私的、不受任何人的大胆妄为所支配的"制度，将得到普遍的赞同，并且在没有任何矛盾的情况下统管众人的生活。既然所有的人都服从法律，因此只服从他们自己。圣·茹斯特说："超出法律，一切都是枯萎和死亡。"这是罗马的形式和立法的共和国。人们知道，圣·茹斯特和他同代人酷爱古罗马。这位怀古的青年在兰斯被关在挂着带有白色泪珠饰物的黑色帷幔的房间里久久地想象着斯巴达克斯式的共和国。《奥尔冈》这首冗长而放肆的诗歌的作者深感简朴和品德的必需性。圣·茹斯特在他的法则中规定儿童 16 岁之前不准吃肉食，他想象着一个素食和革命的民族。他惊呼："自古罗马以来，世界变得空空荡荡。"但是，英雄辈出的时代已经开始，卡东①、布鲁杜斯②、斯卡埃伏拉③又成为可能出现的人物。拉丁文的道德学家的雄辩术又开始兴起。"邪恶、品德、堕落"，这些词经常出现在当时的辩论中，尤其是出现在圣·茹斯特的演说中，这使他的演说显得累赘。理由很简单，孟德斯鸠早就发现这种美妙的结构，它不能不要品德。法国革命要把历史建立在绝对纯洁的原则上，它在开创了现代社会的同时，也开创了形式道德的新纪元。

品德究竟是什么？当时的资产阶级哲学家认为，这就是顺乎本性④，在政治上就是符合表达总体意志的法律。圣·茹斯特说："道德比暴君更强大。"道德确实刚刚处死了路易十六。一切不服从法律的行为并不是由于法律不完备（这是不可能的），而是因为不顺从的公民缺乏品德。因此，共和国不仅是参议院，正如圣·茹斯特所强调的，它还是品德。每种道德的堕落同时也是政治的堕落，反之亦然。于是，一种产生于这种学说本身的无限镇压原则就建立起来。圣·茹斯特要建立起普遍纯朴情感的愿望无疑是真诚的。他确实幻想一种苦修式的、人类相互和解并且专心于从事原始无邪的纯净活动的共和国，这种共和国受到他事先用三色飘带和羽饰装点的那些智慧长者的监护。人们还知道，从大革命开始起，圣·茹斯特与罗伯斯庇尔同时公开宣称反对死刑。他

---

① 卡东（公元前234～前149），古罗马人，曾竭力阻止罗马的奢侈风尚。——译者
② 布鲁杜斯（公元前85～前42），古罗马政治人物，卡东的侄子，参与谋杀恺撒的阴谋。——译者
③ 斯卡埃伏拉（公元前6世纪），传说他在罗马被困时曾潜入敌营，企图杀死伊特鲁利亚国王。——译者
④ 但是本性本身就像人们在贝纳当·德·皮埃尔的作品所看见的那样，也是符合某种先定的品德。本性也是一种抽象原则。

仅仅提出让谋杀犯终身着黑服。他要建立一种正义，这种正义并不设法"感到被告是有罪的，而是感到被告是虚弱的"。这真是妙极了。他也幻想建立一个宽恕的共和国，它承认如果罪恶之树是坚硬的，它的根却是娇嫩的。至少，他的这一呼声是发自内心的并且让人久久不能忘怀："折磨百姓是可怖的事情。"是的，这是可怖的。良心能感知这一点，但又服从于一些最终是折磨百姓的原则。

当道德是形式时，它吞噬着人。若发挥圣·茹斯特的观点，可以说没有人无辜地拥有品德。从法律不再实行和谐统治时起，从原则本来应当创造的统一瓦解之时起，谁是有罪的呢？是乱党。那谁是捣乱分子呢？是那些通过自身否定必要统一的人。捣乱分裂着统治者，因此是亵渎神明的，是有罪的。应当把它打倒，仅仅把它打倒。可是是否有许多捣乱的呢？所有的捣乱都统统打倒，毫不留情。圣·茹斯特疾呼："或要品德，或要恐怖。"应当使自由变得冷酷。于是，国民公会制定的宪法草案上规定了死刑。绝对的品德是办不到的，宽恕的共和国以一种无情的逻辑引来了断头台的共和国。孟德斯鸠早已揭示过这种逻辑，指出它是社会堕落的原因之一，并指出当法律不预先作规定时，滥用权力的现象会更严重。圣·茹斯特的纯正法律并不曾考虑到这个同历史本身一样古老的真理，即在本质上，法律注定是要被人触犯的。

# 恐怖时期

圣·茹斯特这位萨德的同代人尽管出于不同的原则，却最终为罪恶进行辩解。当然，圣·茹斯特是反萨德的。如果萨德侯爵的话可以这样表达："打开牢门，或是证明你们的品德。"那么这位国民公会议员的话则是："证明你们的品德，或者进监狱。"这两个人都为放任者的个人恐怖主义和颂扬品德的神甫的国家恐怖主义辩护。绝对的好或坏按适当的逻辑都要求同样一种狂劲。当然，在圣·茹斯特身上存在着含糊不清的地方。1792年他写给维兰·多皮尼的信就包含某种失去理性的东西。一位迫害人的被迫害者的这种信仰自由最后神经质地供认："如果布鲁杜斯不杀害他人，他就将自杀。"这样一位固执而严肃、禀性冷峻、富有逻辑、沉着镇定的人使人感到他的精神极不平衡，极其混乱。圣·茹斯特发明了一种严肃的方式，把近两个世纪的历史变成了一部如此令人厌倦的恐怖小说。他说："在政府首脑位置上开玩笑的人会走向暴政。"令人吃惊的格言，特别是如果人们想到对暴政的普通指控所付出的代价，想到是谁在为学究式的恺撒们的时代做准备。圣·茹斯特做出了榜样，他的语气本身是不容申辩的。

一系列断然的肯定，公理式的、警句式的文笔把他的形象描绘得比任何最逼真的肖像画更出色。警句铮铮，就好像是民族智慧的化身。构成了科学的定理接踵而至，就像发出冷峻而明确的指令。"原则应是温和的，法律应是无情的，刑律应是不可追回的。"这是断头台式的风格。

逻辑上如此的严峻却包含着一种深沉的激情。我们处处可重遇对统一的酷爱，一切反叛都意味着某种统一，1789年的反叛要求祖国的统一。圣·茹斯特渴望着理想的国家，在那里风尚终于符合法律，它将使人的纯洁以及人的本性、理性的同一得以发扬光大。如果各种捣乱一旦阻止了这种理想的实现，激情就会大大地发挥自身的逻辑。那时人们就不能设想原则可能是错的，因为捣乱依然存在。捣乱将属于犯罪行为，因为原则依然是不可触犯的。"所有的人回归道德、贵族回归恐怖的时代已经来临。"然而，贵族的捣乱并不是孤立的，还应当算上共和派的人，还有所有批评立法议会和国民公会行动的人。后两种人也同样是犯罪分子，因为他们威胁着统一。圣·茹斯特就宣布了20世纪暴政的伟大原则。"爱国者是从整体上支持共和国的人，任何在细节上反对共和国的人都是叛徒。"批评者是叛徒，谁不坚定支持共和国谁就是可疑分子。当理性及个人的言论自由无法有步骤地建立起统一时，就应当下决心铲除异己分子。砍刀代替了辩论，它的用途是反驳。"被判处死刑的骗子说他要反抗压迫，因为他要反抗断头台！"圣·茹斯特的这种愤怒让人难以理解，既然直到他为止，断头台确实只是压迫的最明显的象征物之一。但在这种逻辑的狂热之中，在这种品德的终极，断头台就是自由。断头台保证了理性的统一，国家的和谐。它使共和国变得纯洁。这种说法十分恰当，它铲除了违背总体意志和普遍理性的不合适之处。马拉以另一种调门说："人们对我是慈善家提出非议。啊！这是多么不公正！谁不曾看到我砍下少数人的脑袋是为了拯救大多数？"少数人，是指捣乱分子？当然，而且一切历史性行动都要付出这种代价。但是马拉做出最后计算，他索取了27.3万人的头颅。但是，当他面对大屠杀高呼"用烙铁给他们打上印记，砍下他们的大拇指，割下他们的舌头"时，他使这种行动的拯救性大为失色。这位慈善家用最单调的语言夜以继日地论述着杀人为创造的必要性。9月的夜晚，他在地下室的烛光下继续写着，刽子手这时在监狱的大院里安置好了观众席，男人坐在右边，女人坐在左边，都在向他们作处死贵族的示范，并把它当作一种慈善的优美行动。

正如米什莱所说，别把圣·茹斯特这位伟大人物与马拉——卢梭的模仿者相混，一秒钟也不要相混。但是，圣·茹斯特的悲剧鉴于更高层次的原因，也由于一种更深刻的要求，有时与马拉的悲剧产生共鸣。捣乱添上捣乱，少数加少数，最终他并不确信断头台是为所有人的意志效力。圣·茹斯特至少在后来，并且至今坚持认为断头台是为总体意志服务的，因为它为品德服务。"像我们这样的革命并不是一场诉讼，而是对坏人的雷劈。善行转化为雷劈，纯洁变成闪电，伸张正义的闪电。即使是些寻欢作乐的人，而且尤其是他们都成为反革命分子。"圣·茹斯特曾说过，幸福的欧洲是个新概念（说实话，这个概念尤其对圣·茹斯特是新的，他把历史截止到布鲁杜斯为止），他发现有些人的"幸福的概念是可怕的，他们把幸福与作乐混为一谈，也必须对这些人进行制裁。总而言之，问题不在于多数、少数。普遍纯洁的令人渴望的失去的天堂已经远去。不幸的人世间响彻着内战、民族战争的呐喊，圣·茹斯特发出了反对他本人和他的原则的命令，祖国受到威胁，所有的人都是有罪的。一系列关于外国捣乱的报告，牧月①22日的命令，1794年4月15日关于治安的演讲，都标志着这种转变发展的各个阶段。那位如此高傲地把在奴隶和奴隶主仍然存在的情况下就放下武器看做为可耻行为的人，正是不得不同意暂缓实施1793年宪法并且实行专断的人。在他为罗伯斯庇尔辩护的演说中，他弃绝名望和求生，只引证抽象的神性。同时，他又承认被他看做自己宗教的那种品德除了历史与现实之外别无报答，这种品德应当不惜代价地建立自己的统治。他不喜欢"残忍和凶恶的"政权，认为这种政权"没有法则，导致压迫"。而法则就是品德，它来自人民。人民若是衰弱，法则就会变得模糊不清，压迫就会增强。于是人民就是有罪，而不是政权有罪，政权的原则是无辜的。如此极端、血腥的矛盾只有通过一种更极端的逻辑和在沉默及死亡中最终接受原则才能得到解决。至少，圣·茹斯特仍是如此要求，他终于应该在此体现出他的伟大在于他满怀激情谈论的世纪与天地中获得的这种独立的生命。

很久以来，他就预感到他的要求意味着他要做出完全的无保留的献身，他说在世界上进行革命的人，"那些做善事的人"只有在坟墓里才能安睡。因为他确信，为了取胜，他的原则必须高于品德和人民的幸福。他也许看到了他的要求是不可能实现的，他事先就给自己断了后路，公开宣称在他对人民感到失望时就去自杀。他绝望了，因为他对恐怖本身产生怀疑。"革命失去活力，所有的原则都被削弱；只剩下阴谋戴的红帽子。恐怖行动使罪恶变得麻木，就像烈性药酒使宫廷麻醉一样，在无政府年代，品德

---

① 牧月为法兰西共和历9月，相当于公历5月20日—6月18日。——译者

本身"与罪恶结合在一起"。他曾说过一切罪恶来自暴政：它是万恶之首。面对罪恶的顽固性，大革命也趋向暴政并变成罪恶的。因此人们不能减轻罪恶、捣乱和可怕的作乐思想，而是应该对这些人失望并要控制他们。但是，人们也不可能无辜地实行统治。因此，应当容忍恶或是为它效力，承认原则错了或是承认人民和所有的人都有罪。于是圣·茹斯特把神秘而英俊的面貌转了过去："离开人世，这是微不足道的事，在人生中，应该或者是罪恶的同谋，或者是沉默的见证。"布鲁杜斯若不杀他人，他就应该自杀，他就从杀人开始。但是他人太多，不可能把他们都杀死。这样，就应当去死并且再次证明，当反叛过分时，就会从铲除他人转向消灭自身。至少，这个使命是容易的，只要再一次追随逻辑直至最终就可以了。圣·茹斯特在死前不久为罗伯斯庇尔的辩护词中再次肯定他的行为的重大原则，这种原则正是不久以后对他进行惩处的同一原则："我不属于任何捣乱派别，我将反对一切捣乱。"他已事先承认了总体意志的决定，即国会的意志。出于对原则的爱和反对一切现实，他接受死亡的判决，因为国会的决定只能被通过捣乱的雄辩和狂热才能取消。可是，怎么！当原则无能为力时，人们只有一种方式来拯救它，拯救自己的信念，那就是为原则而死。7月的巴黎天气闷热，圣·茹斯特断然拒绝现实和世界，他承认他把自己的生命交给原则的决定。他在这样说的同时似乎察觉到了另一种真理，这种真理以温和地指责皮约·伐兰姆①和卡洛·戴尔布瓦②而告终。"我愿他们证明自己是无罪的，我愿我们变得更理智。"在此，原有的风格和断头台

---

① 皮约·伐兰姆（1756—1819），国民公会议员，曾参与9月屠杀。最初支持罗伯斯庇尔，转而反对他，后被作为恐怖分子流放。——译者
② 卡洛·戴尔布瓦（1705～1796），国民公会议员。——译者

暂时中断了。但是品德并不是智慧，因为它过于傲气。铡刀不久将落在这颗像道德一样美好的冷静的脑袋上。从国会判决他死刑直至他把脖颈伸在铡刀下，圣·茹斯特一直保持沉默。这长时间的沉默比死亡还要重要。他曾经抱怨过王位周围的平静。正因如此，他发表了大量的动人演说。可是，他蔑视暴政，蔑视不符合纯粹理性的人民之谜，他最终自己也转向沉默。他的原则与现实并不相符合，事情不是成为它应当的那样，原则就是独一无二的、静静的、不变的。醉心于原则，事实上就是死亡，是为一种不可能实现的爱，即爱的反面去死。圣·茹斯特死去了，一种新宗教的希望随他一同消失了。

"一切砖石都是用来建造自由大厦的，"圣·茹斯特说，"你们能用同样的砖石为自己筑起寺院或是坟墓。"《社会契约论》的原则本身在主持坟墓的兴建，而拿破仑，波拿巴给坟墓封了顶。卢梭的后来人只字不差地照着去办，他们试图建立起人的神性。在旧制度下，红旗象征戒严，即属于行使效力。1792 年 8 月 10 日，红旗变成了革命的象征。饶勒斯对这种意味深长的变化作了这样的评论："我们人民就是权利……我们并不是反叛者。反叛者是丢勒里宫中的那些人。"但是，并不是那么容易就变为神。从前的诸神并不是一下子就死去的，19 世纪的革命将彻底地铲除神的原则。巴黎发生了起义，把国王又召回来置于人民的法律之下，并且阻止他恢复起原则的权威。1830 年的暴乱把这具僵尸搬回丢勒里宫并将他扶上宝座，给了他微不足道的荣誉，它没有其他意义。在那个时代，国王还能作为一个受尊敬的事物代理人，但对他的委任来自于民族，他的法规是宪章①。他不再是国王陛

---

① 指 1814 年宪章。——译者

下。旧制度于是最终在法国消失了，而新制度还要等到 1848 年
之后才确立下来。19 世纪至 1914 年的历史是一部恢复人民主权、
反对旧制度君主政权的历史，一部民族原则的历史。1919 年，这
个原则取得了胜利，在这一年里，欧洲旧制度的所有专制主义都
消失了。[1] 民族主权在法律与理性上处处替代了至高无上的国王。
只有在此时，1789 年的原则的影响才显示出来。我们这些在世的
人首先能对此做出清楚的判断。

　　雅各宾派使这些永存的道德原则变得更加强硬，他们甚至铲
除了至此为止一直支持这些原则的人。他们是福音的鼓吹者，他
们想在罗马人抽象的权利基础上建立起博爱。他们用他们认为应
得到的所有人公认的法律来替代神的旨意，因为这种法律是总体
意志的体现。法律在自然品德里得到了证实，反过来它又证实了
自然的品德。但是，从出现捣乱的时刻起，说理就毫无用处了。
人们发现，品德需要得以证实才不至于变得抽象。19 世纪资产阶
级法学家们用他们的原则一下子把人民的正义和活生生的胜利果
实压得粉碎，他们为两种同时代的虚无主义作了准备：个人虚无
主义与国家虚无主义。

　　确实，只要法律是普遍理性的法律，[2] 那它就能进行统治。
但是，如若人天性不善，那法律就永远不能进行统治，为法律的
辩解也是白费心血。意识与心理相冲突的日子来临了。于是不再
有合法的权力。法律就发生演变直至同立法者和一种新的任凭意
愿行事的现象混为一谈。它转向何方？法律迷失了方向，失去了

---

　　① 除了西班牙王朝。但是德意志帝国垮台了。威廉二世说他是"一种标志，表
明我们这些霍亨索伦家族的人从上天得到王冠，我们只有向上天交账。"
　　② 黑格尔曾清楚地看到启蒙时代的哲学要把人从非理性中解放出来，理性把人
聚合，而非理性把人分裂。

部分准确性，它变得越来越不精确，直到把一切都变成罪恶。法律始终统治着，但它不再有固定的界限。圣·茹斯特早以人民的名义预料到这种专断。"巧妙的罪犯会以一种宗教形式出现，骗子将登上神圣的诺亚方舟。"然而，这是不可避免的。若重大原则没有确立，若法律只是表达了一种临时性的条文，那么法律就会被人绕开或被用来强加给人。萨德或专政，个人恐怖主义或国家恐怖主义，两者都无需证实而得以证实，自反叛成为无源之水、并失去一切具体的道德时起，这就是 20 世纪的交替手段之一。

然而，1789 年发生的起义行动并不就此告终。对雅各宾派来说，上帝并没有完全死亡，对浪漫派来说也是如此，他们都保存着上帝。理性，在某种意义上是调停者。它意味着一种先存在的秩序，但是上帝至少被剥去了物质外壳，而化为一种道德原则的理论存在。资产阶级在整个 19 世纪只有引证这些抽象原则才维持统治。只不过资产阶级不如圣·茹斯特那样与之相称，它把这种引证当作托词，而利用一切机会推行相反的价值。资产阶级由于它本质的堕落和它令人丧气的虚伪，使那些它引以为据的原则最终威信扫地。在这方面，它犯有弥天大罪。从永恒的原则和形式品德同时受到怀疑时起，从一切价值失去信用时起，理性开始行动，它参照的只是自己的业绩。理性欲进行统治，它否定过去的一切，肯定未来的一切。它将成为征服者。俄国的共产主义通过对一切形式的品德进行激烈批评并且否定一切更高级的原则而结束了 19 世纪的反叛事业。20 世纪的弑神取代了 19 世纪的弑君，这种弑君把反叛的逻辑推到了尽头并要把人间变成为神的王国。历史的统治开始了，人同他的唯一的历史化为一体，人不忠实于自己的真正的反叛，从此以后专心于 20 世纪的虚无主义的

革命，这些革命否定一切道德，拼命通过无数的罪恶和战争寻求
人类的统一。雅各宾的革命曾试图建起品德的宗教，以实现统一
的目的，继之而来的是厚颜无耻的革命。不管是右派还是左派，
都企图一统天下，以最终建立起人的宗教。曾属于上帝的一切从
今以后将归还恺撒。

# 反叛和艺术

艺术也是这样一种同时进行赞扬和否定的运动。尼采说："任何艺术家都不甘于现实。"的确如此。但是，也没有一个艺术家能避开现实。创造就是对统一的要求和对世界的否定。但是，创造之所以否定世界，是因为它缺少东西所致，有时是以世界所是的东西的名义否定世界。反叛在此任凭人们在历史之外的纯粹状态下，在它最初的复杂性中观察自身。艺术将为我们展现有关反叛内容的景象。

然而，人们观察到反叛是与一切革命的改良者指出的艺术相对的。柏拉图还较温和。他只是对语言的欺骗作用提出疑问，而且他从他的理想国中驱逐的只是诗人。至于其他，他把美置于世界之上。但是现时代的革命运动与对尚未完成的艺术提出的诉讼相巧合了。宗教改革赞同道德并且排斥美。卢梭揭露在艺术中社会给自然带来的腐蚀。圣·茹斯特愤怒斥责戏剧，并且在为《理性的节日》所定的精彩节目单中要使理性被一个德行超乎美貌的人人格化。法国大革命没有诞生一个艺术家，而只产生一位伟大的记者戴姆林和一个秘密作家萨德。这个时代唯一的诗人上了断头台，唯一伟大的散文家流亡伦敦并且为基督教及其合法性辩护。不久以后，圣西门主义者们要求一种"对社会有用"的艺术。"艺术为社会进步"是风行了整整一个世纪的陈词滥调，而雨果后来又重新提出，却没能够使人信服。只是瓦莱士[①]（以一种念咒的声调）诅咒艺术，这声调使人们得以辨认出他来。

这同样也是俄国虚无主义者的声调。皮扎莱夫宣告了美学价值的衰亡和实用价值的兴起。"我宁愿成为一个俄国鞋匠，而不愿成为俄国的拉斐尔[②]。"一双靴子对他来讲要比莎士比亚更有用。虚无主义者涅克拉索夫是伟大的伤感诗人，然而，他肯定地说，他宁愿要一块奶酪而不要普希金的所有作品。我们终于得知，托尔斯泰宣称"把艺术逐出教门"。这些维纳斯和阿波罗的大理石雕像仍闪烁着意大利的阳光，是彼得大帝让人搬到他的圣彼得堡的夏宫里的，而革命的俄国对这些雕像不予理睬。贫穷有时从幸福的种种痛苦的形象中扭转身去。

德意志意识形态的批判并不稍稍温和些。按照现象学的革命的解释者的说法，在调和社会中是没有艺术的。美将被经历而不再被想象，完全理性的现实独自平息一切渴望。对形式的意识和逃避的价值的批评自然地延伸到艺术中。艺术不是属于所有时代的，相反，它被它的时代所规定，马克思后来说，它表达统治阶级的特殊价值。因此，只有一种革命的艺术，它正是为革命服务的艺术。此外，艺术在历史之外创造美，阻碍着唯一的理性的努力：把历史本身改造成为绝对的美。俄国鞋匠从他意识到自己的革命作用时起就成为最终的美的真正的创造者。而拉斐尔，他只

---

① 瓦莱士（1832～1885），法国作家、记者。——译者
② 拉斐尔（1483～1520），意大利画家。——译者

创造了一种过渡的美，这种美是不为新人所理解的。

马克思确实自问过，希腊的美何以今天在我们看来还是美的。他回答说，这种美表述着一个世界的天真的童年，而我们处在成人的斗争之中，怀念这种童年。但是，至于意大利文艺复兴时期的杰作、伦勃朗田①、中国的艺术，我们又何以认为它们是美的呢！这无关紧要！对艺术的诉讼最终还是开始了，今天还继续着，而且，专门对自己的艺术和自己的聪慧进行污蔑的艺术家和知识分子为难地参加到这个诉讼中去。的确，我们会看到在莎士比亚与鞋匠之间的这场斗争中，咒骂莎士比亚和美的并不是鞋匠，相反，是那个继续读莎士比亚并且不会去做靴子、也永远不会做靴子的人。我们时代的艺术家与19世纪俄国忏悔的贵族们相似，他们的内疚原谅了他们。但是，一个艺术家能够在他的艺术面前感受到的最后一件事就是忏悔。欲将美推到时代之末，而在等待之时，剥夺所有的人，连同鞋匠的那块人们自己利用过的添加的面包，这就是超越简单和必要的谦卑。

然而，这种苦行枉有其道理，这些道理至少与我们有关。它们在美学范围内表达了革命和反叛的已被描述过的斗争。在一切反叛中都可发现对于统一的形而上学的要求，发现把握的不可能性和制造一个替代世界。从这个观点看，反叛就是世界的制造者。这也就确定了艺术。真正说来，反叛的要求部分地成为美学的要求。我们已经看到一切反叛的思想都是在修辞学和关闭的领域中得到阐明的。卢克莱修的修辞城堡，萨德笔下关闭着的修道院和城堡，尼采笔下浪漫的岛屿、岩石和孤独的顶峰，洛特雷阿蒙的原始的大洋，韩波的护墙，超现实主义者笔下受风雨拍打的

---

① 伦勃朗（1608～1669），荷兰画家。——译者

令人胆战心惊的新生的城堡，监狱，受堡垒掩护的民族，集中营，自由奴隶的帝国，这一切都以各自的方式说明对于和谐与统一的同样的需要。人终于能够统治和认识这些关闭的世界。

这种运动也是一切艺术的运动。艺术家为自己重造世界。自然的交响乐并不懂得延长号。世界从来就不是安静的，它的沉默本身按照我们听不到的振动永恒地重复着同样的音符。至于那些我们感知的振动，它们提供给我们声响，很少有和谐音调，永远成不了抒情乐曲。然而，音乐存在于交响乐结束的地方，存在于抒情曲赋予声音以形式的地方，而声音在其自身并无形式可言，存在于一种音符的特殊排列最终从自然的混乱中为精神和心灵获取一种令人满意的统一的地方。

梵高说："我越来越相信，不应该立足于现今的这个世界来判断上帝。这是一种对他的不适时的研究。"每个艺术家都试图重新进行这个研究并且赋予他所欠缺的风格。一切艺术中最伟大的最雄心勃勃的是雕塑，它致力于从三个维度确定人的变幻的容貌，把动作的混乱引向伟大风格下的统一。雕塑并不否认相似，相反，雕塑需要相似，但它并不首先去寻找它。在其伟大时代中，它寻找的是动作、表情或空洞的目光，这种目光将概括世上一切动作和目光。它的目的不是模仿，而是通过一种有意义的表情将身体暂时的愤怒或各种姿态的无穷变幻勾勒下来，并且把它们固定起来。只有在那时，它在喧闹城市的城门的三角楣上树立起模式、样板、静止的完美，以在短暂时间中平息人们无休止的狂热。失恋者终于将能够围绕希腊少女雕像瞻望，以在少女塑像的身体和面容中捕捉到在失恋后尚存在的东西。

绘画的原则也在选择中。德拉克罗瓦写道："对自己的艺术进行思考的天才本身只不过是一种普及和选择的禀赋。"画家把他的主题孤立起来，这是统一它的首要方法。景物从记忆中逝去、消失或者一个消除另一个。这就是为什么风景画家或静物画家把通常随光线转动、消逝在一种无限的视野中或者在其他价值冲击下消失的那些东西孤立在空间和时间中的缘故。风景画家的第一个行动就是框好他的画布，他消除的东西与他选定的东西同样多。同样，主题画家把通常消失在另一个行动中的行动孤立在时间中和空间中。画家于是进行固定。伟大的创造者就像皮埃罗·戴拉·弗朗塞斯卡①那样，是这样一些人，他们使人感到固定刚刚完成，放映机刚突然停下。他们笔下的人物通过艺术的奇迹使人感到他们仍然栩栩如生，而且永远不会消亡。皮埃罗·戴拉，弗朗塞斯卡死后很久，伦勃朗似哲学家那样在同一个问题上，对阴影与光线之间的关系久久地思考着。

"绘画通过不讨我们喜欢的事物之间的相像来取悦我们，这是徒劳的努力。"德拉克罗瓦引用帕斯卡尔的话。他把"奇怪"换成"徒劳"是有理的。那些东西不能讨我们喜欢，因为我们看不见它们。它们被不断的变化淹没、否定。谁在受鞭打中注视刽子手的双手，注视耶稣受难图上的橄榄树？但是，这些都表现出来了，为耶稣受难的不断的运动增添了色彩，受难的耶稣被禁锢在这些残暴的美的图像中，每天在博物馆冰凉的大厅中呼喊着。画家的风格存在于自然和历史的结合中，存在于变幻着的东西的显现中。艺术似乎不费力地实现着黑格尔所梦想的个别与普遍的和谐。也许这就是拼命追求统一的时代（犹如我们的时代那样）转向原始艺术的原因？在这种艺术中，线条的勾勒最强烈，统一更具有挑逗性。最强烈的线条的勾勒总是出现在艺术时代的开始

---

① 皮埃罗·戴拉·弗朗塞斯卡（约1410~1492），意大利画家。——译者

和末尾；这就解释了否定与移植的力量，这种力量带着一股鲁莽的冲劲把整个现代绘画推向存在和统一。梵高令人赞叹的怨言就是所有艺术家高傲而绝望的呼声。"在生活中，在绘画中也一样，我完全能够没有上帝。但是，痛苦的我，我不能够没有某种比我更伟大的东西，它是我的生命，即创造之伟大。"

　　但是，艺术家对于现实的反叛，这种反叛对于总体革命来说变得很可疑，它包含着与被压迫者的自发反叛同样的肯定。从总体否定中诞生的革命精神本能地感觉到，在艺术中除了否定以外，也还有一种赞同，沉思有可能使行动、美和非正义平衡，而且在某些情况下，美在自身中就是一种不可救助的非正义。因此，没有任何艺术能够在完全的否定之上生存。同样，任何思想，首先是无意义的思想，意味着没有无意义的艺术。人能够准许自己揭露世界的全部非正义并且要求一种他将独自创造的总体的正义。但是，人不能肯定世界的全部丑恶。为了创造美，他应该同时否认现实又赞扬现实的某些方面。艺术反对现实，但并不脱离现实。尼采能够拒绝任何道德的和神明的超越，认为这种超越导致对现今世界与生活的污蔑。但是，也可能有一种活生生的超越，这种超越的美做出了许诺，并且能使人产生爱，使人更喜欢这个有限的尘世而不是其他东西。在艺术试图把自己的形式赋予一种在永久的变化中消逝的价值、而艺术家压榨这种价值并要把它从历史中夺取过来的情况下，艺术便将我们带领到反叛的起源。当人们思考到艺术时就会更信服这一点，因为艺术恰恰主张进入变化之中以赋予它那种它所欠缺的风格：小说。

# 小说与反叛

　　把大体上同古代和古典时代相吻合的认同文学同随着现代社会而出现的异端文学区分开来是可能做到的。人们将会发现前者的小说数量稀少。就是有——除了少数例外——也不是有关历史的，而是一些幻想出来的东西（《戴阿热纳和查理克莱》或《拉斯特雷》）。这是些故事，不是小说。后者则相反，小说这种形式真正地发展起来，并且直至今日都在充实和扩展。与此同时，批判和革命运动也发展起来了。小说与反叛精神同时诞生，它在美学范围内表现出同样的雄心。里特雷①说小说是"用散文写的虚构的故事"。难道不是这样吗？然而，一位宗教批判家说："艺术，不论它的目的是什么，总是制造一种同上帝进行的有罪的竞争。"的确，说小说是同上帝的竞争比说小说是同自身身份的竞争更加正确。蒂博②谈到巴尔扎克时也表达了类似的想法："《人间喜剧》就是模仿天主。"伟大文学的努力似乎要创造封闭的领

---

　①　里特雷（1801～1881），法国修辞学家。——译者
　②　蒂博，法国小说家马丁·杜伽尔作品中的主人公。——译者

域或完善的人物。西方人在其伟大的创造中并不限于描述自己的日常生活。他不断地给自己树立起使他兴奋的伟大形象并且奋力追求它们。归根结底，写或读一部小说不是寻常的行为。通过对真实事件的重新编排虚构出一个故事，没有任何不可避免的因素，也没有任何必然因素。如果凭借着创作者和读者的意愿而做出的平庸解释是真实的话，那应该自问一下，大多数人出于什么样的必然性恰恰喜欢并关注虚构的故事。革命的批评谴责纯小说是无所事事的想象的逃避。一般人却把蹩脚记者所编的骗人故事称作小说。尚有一丝光明，似乎习惯上人们愿意年轻姑娘们具有"小说气质"。这意思是这些理想中的人物不考虑存在的现实。从普遍观点看，人们总认为故事是与生活相分离的，它美化了生活，同时又背叛了生活。最简单、最普遍的看待小说的方式便是把小说看成是逃避的手段。人们共有的观念与革命的批评汇合起来了。

但是，人们凭借小说逃避什么呢？是逃避一种被认为是过于压抑的现实吗？幸运的人同样也读小说，而且极度痛苦往往会使人丧失阅读的兴趣。另外，小说的世界肯定没有另一世界重要，也没有它那么大的影响，在另一世界中，肉体的人不停地创建着我们的位置。然而，阿道夫①凭什么奥秘使我们觉得他比蓬加曼·贡斯当②更加熟悉，而莫斯卡伯爵③比我们的道德说教家更为熟悉呢？有一天，巴尔扎克在一次关于政治和世界命运的长谈结束时说："现在让我们回到严肃的事情上去吧。"他要开始谈他的小说了。小说世界的不容争辩的严肃性，我们执意要认真对待

---

① 蓬加曼·贡斯当的小说《日记》中的人物。——译者
② 蓬加曼·贡斯当（1767～1830），法国政治家、作家。——译者
③ 莫斯卡·司汤达小说《巴马修道院》中的人物。——译者

小说天才两个世纪以来向我们提供的无数神话，这一切单凭对逃避的兴趣是不足以解释的。当然，小说活动意味着对现实的一种否定。但是这种否定并不是一种简单的逃避。人们是否应在其中看到高尚灵魂的后退运动，在黑格尔看来这种灵魂在其失望中为自己创建一个在其中只有道德统治着的假想的世界。然而，建设性的小说与伟大文学相去甚远。爱情小说的佼佼者《保尔和维吉妮》是纯伤感小说，不能为读者提供任何慰藉。

矛盾就在此，人拒绝现实世界，但又不愿意脱离它。事实上，人们依恋这个世界，他们中的绝大多数都不愿意离开这个世界。他们远非要忘记这个世界，相反，他们为不能足够地拥有这个世界而痛苦。这些奇怪的世界公民，他们流亡在自己的祖国。除了在瞬间即逝的圆满时刻外，整个现实对他们来说都是不完善的。他们的行为躲开他们而进入其他行为中，回过来以意外的面孔来审视他们，并且像坦塔罗斯①的水一样向着尚不为人知的河口流去。察看河口，控制河流，最后把生活作为命运来把握，这就是他们对他们祖国最深切的真实的怀念。但是，这种看法，至少在认识方面最终把他们同自己调和起来，只能在死亡的短暂时刻才出现，如果它会出现的话。一切都在此告终，为了在世界上存在一次，就必须永远不再存在。

那么多的人对其他人的生命的羡慕就由此产生。由于发现了这些外部的存在，人们便赋予他们以一种他们实际上不可能有的、而对旁观者来说显而易见的和谐与统一。旁观者只看到这些生命的脊线，而没有意识到损害着他们的细部。我们于是在这些

----

① 坦塔罗斯，希腊神话中的吕狄亚王，因把儿子剁成碎块给神吃，触怒了宙斯，被罚站在水中，水深至下巴。当他口渴时想喝水，水就退去，饥饿时想吃果子，树枝就升高。——译者

存在之上从事艺术。我们按照初级方式把这些存在写成小说。在这个意义上，每个人都努力把自己的生命变成艺术作品。我们希望爱情永存，但我们知道爱情并不永存；如果爱情奇迹般地永存于整个一生，那它也是不完善的。也许，我们在这难以满足的对持续的需要中可以更好地理解人世的痛苦，如果我们知道这种痛苦是永恒的话。有时，伟大的灵魂似乎由于不能长存而惊恐，这比痛苦引起的惊恐更有过之而无不及。由于缺少永不厌倦的幸福，一种长期的痛苦至少会造成一种命运。不，我们所受的最残酷的折磨总有一天将结束。一天早晨，在经历了如此多的绝望之后，一种不可压抑的求生的渴望将宣告一切已结束，痛苦并不比幸福具有更多的意义。

占有欲只是要求持续的另外一种形式。正是它造成爱情的无力的狂热。任何人，哪怕是被最爱着的人和最爱我们的人，也不能永远占有我们。在这严酷的大地上，情人们有时各死一方，生又总是分开的，在生命的全部时间里完全地占有一个人和绝对地沟通的要求是不可能实现的。占有欲是如此难以满足，以致这种欲望能够比爱情本身持续更久。那么爱，就是使被爱者枯萎。情人从此成为孤独者，他的可耻的痛苦与其说是自己不再被人爱，不如说是得知对方仍能并应当去爱他人。严格说来，每个被疯狂的追求欲所持续和占有欲所折磨的人都希望他曾经爱过的人枯萎或死亡，这就是真正的反叛。那些连一天也不曾要求众生和世界的绝对贞洁、不曾在绝对贞洁的不可能性面前因怀念和无能为力而颤抖的人，那些不断被推向他们对绝对的怀念而并不拼命试图去爱的人，都是无法理解反叛的现实和反叛对于毁灭的狂热的。但是众生总是互相躲避，我们也躲避他们。他们并没有坚实的轮廓。按这种观点，生活并没有风格。生活只是一种在其形式后追赶而又永远找不到这种形式的运动。处于痛苦中的人徒劳地寻找着这种形式，这种形式赋予他以各种界限，在这些界限中他将成为国王。若这世界上唯一有生命的事物具有自己的形式，人将得以复归。

没有人最终不是从意识的初级水平出发，竭力寻找能给予其存在所欠缺的统一的那些公式或态度的。显现或作为，花花公子或革命者，都要求统一，以求存在，并且是在这个世界上存在。正如在这些悲怆而可怜有时持续很久的联系中那样，因为同伴之一指望找到适当的词、动作，或处境，它们把他的遭遇变成有头有尾的完整的故事，每个人都用正确的语气为自己创造或提出结束语。只是活着并不够，应该有一种命运，而不应坐等死亡。因此，说人欲求得到一个比现在更好的世界，那是正确的。但是，更好的，并不是表示不同的，而是表示统一的。这狂热煽动起一颗位于一个纷乱世界而又摆脱不了这个世界的心灵，这种狂热实际上是统一的狂热，它不以平庸的逃避为出路，而是提出最固执的要求。宗教或罪恶，一切人类的努力最终都服从于这种无理性的欲望并且欲把生命所没有的形式赋予生命。同一种能导致对上天的崇敬或引起人的毁灭的运动，也完全会导致小说创作，小说创作便从这种运动中得到其严肃性。

小说若不是行动在其中取得形式、道出了结束语、一些人任凭另一些人摆布、每个生命都具有命运①的面貌的领域，那它又是什么呢？小说世界只是按照人的深刻的愿望对现实世界进行的修改。因为这毕竟是同一个世界。痛苦、欺骗和爱情是同样的。

---

① 如果说小说只讲怀念、绝望、无终，那它还创建形式与得救。为绝望命名，就是超越它。绝望的文学在用词上是矛盾的。

小说主人公拥有我们的语言，我们的弱点，我们的力量。他们的天地比起我们的天地，既不更美丽，也不更感人。但是，他们至少追随他们的命运直至终了，甚至从来没有比那些追求极度激情的人更加感人肺腑的主人公，比如基里洛夫和斯塔福金纳①，格拉斯林夫人，于连，索黑尔或克莱弗亲王。我们无法估量他们，因为他们结束了我们永远完成不了的事情。

德·拉法耶特夫人②从最动人心弦的经验中写出了《克莱弗公主》。她无疑就是克莱弗夫人，然而她又绝然不是这位夫人。差别何在？差别就是：拉法耶特夫人没有进入修道院，而且她周围没有任何人因绝望而死去。毫无疑问，她至少经历过那无与伦比的爱情的令人心碎的时刻。但是，这爱情并不曾善终，她却仍然活了下来，她延续着这爱情，她不再怀念这爱情。最终，没有任何人，包括她自己，会知晓这爱情的始末，如果她没有用准确无误的语言勾描出来的话。同样，没有比葛比诺③的《阿特拉斯的七个女儿》中的索菲，托斯卡和卡希米尔的故事更加具有小说气息、更加美丽的故事了。索菲是个敏感又美丽的女人，她使人懂得了司汤达的忏悔，"只有具备伟大性格的女人能够使我幸福"，她强迫卡希米尔向她承认爱情。她习惯于被人爱，因而，在这个每天来看她、但又总是保持着一种令人恼火的镇定的人面前，她实在不耐烦了。实际上，卡希米尔承认了他的爱，却是以法律陈述的语气承认的。他研究过她，他了解她如同了解自己一样，他确信，没有这种爱，他不能生活，但是这爱情是没有前途的。于是他决定告诉她这爱情和她的虚荣，并要她赠予财产——

---

① 这两人均是陀思妥耶夫斯基作品《群魔》中的人物。——译者
② 德·拉法耶特夫人（1634～1693），法国女作家。——译者
③ 葛比诺（1816～1882），法国作家。——译者

她很富有，因此这种做法并没有什么影响——由她负责给他一笔微薄的养老金，使他能安身于他随意选择的某城市的市郊（即维勒纳市），在贫穷中等待死亡。卡希米尔还承认，从索菲那里接受必需的生活费用的想法表示着对人类弱点的让步，这是他允许自己做出的唯一的让步，相隔一段很长时间后，他寄出一张白纸，这张纸装在一只写着索菲名字的信封里。索菲先是愤怒，以后惶惶不安，最终郁郁寡欢。她接受了，一切都像卡希米尔曾预料的那样。后来他在维勒纳死于忧郁的爱。故事就这样拥有它的逻辑。美好的故事若没有这种从容不迫的连续性就不会展开，这种连续性从不存在于被经历过的处境中，而是人们从现实出发在想象的过程中找到它。如果葛比诺到维勒纳，她会厌烦的，会从那里回来的，或会在那里找到自己的乐趣。但是，卡希米尔并没有那种追求变化的渴望，也没见到康复的黎明。他一直走到底，就像哈特克里夫那样，希望超越死亡直达地狱。

这就是想象的世界，但是这个世界是通过对我们这个世界进行修改而创造出来的。在这个世界里痛苦，若愿意的话，能够持续直至死亡。在这个世界里，激情永远不会是漫不经心的，人们受着固定观念的摆布，并且一些人总是在另一些人面前出现。人最终在这个世界中给予自身以形式和使之平静的限制，他徒劳地在自身的境遇中追逐着这种形式和限制。小说按需要制造命运。它就这样与创造竞争，并且暂时战胜死亡。每次都从不同角度对最脍炙人口的小说进行的细节分析表明，小说的本质就存在于这种艺术家根据自己的经验进行的不间断的修改中，这种修改总是趋向同一方向。这种修改远不是伦理的和纯形式的，它首先追求的是统一，并且由此表达一种形而上学的需要。在这个层次上，小说先是一种为怀念的或反叛的情感服务的智力实践。人们能在法国的分析小说中，在梅尔维尔、巴尔扎克、陀思妥耶夫斯基或托尔斯泰的作品中研究这种对统一的追求。但是只要对在小说界的两个相对立的极端的两种倾向——即普鲁斯特的创作与近年来的美国小说——进行一次简单的比较，就足以说明我们的论题。

美国小说[①]称它在把人还原为初始或外部的反动和行为的过程中找到了自己的统一。它没有选择给人以一种特殊形象的情感或激情，就像在古典小说中那样。它拒绝分析，拒绝寻求可能解释或概括一个人物行为的基本心理冲动。所以，这种小说的统一只不过是一种观点的统一。它的技巧在于从外部用人最相异的动作去描写人，在于不加注释地重新制造话语直至造成重复[②]，在于如同人们完全是被他们的日常机械动作所确定的那样去行动。事实上，在这个机械层次上，人彼此雷同，这样我们就可以解释这个所有人物在其中都可互换——甚至在他们身体的特殊性中也一样——的奇怪领域。这种技巧被称为现实主义只是一种误会。如我们所知，不仅艺术中的现实主义是一种难以理解的概念，而且显而易见，这个小说世界并不追求对现实的纯粹而简单的再造，而是意在最随意的勾勒。小说世界产生于一种裁剪，而且是一种自愿的建立在现实之上的裁剪。这样得到的统一是衰落的统一，是对人与世界的平整。在小说家看来，似乎是内部生活剥夺了人类行动的统一性，并且让人们互相取悦。这种怀疑，部分是有理的。而反叛是这种艺术的起源，它只有从这种内部现实出发制造统一才能得到满足，而不是否定这种内部现实。完全否定内

---

① 这里指的是"严峻"小说，即 20 世纪 30 至 40 年代的小说，而不是 19 世纪奇葩盛开的美国小说。

② 就连在这一时代的伟大作家福克纳的作品中，内心独白也只是制造了思想的外壳。

部现实，就是参照一个想象出来的人。恐怖小说同样也是一种桃色小说，恐怖小说具备了它的形式上的虚荣。它以自己的方式①被创作出来。肉体的生命还原为自己，奇怪地制造了一个抽象而又无根据的天地，这个天地又经常被现实否定。在这种从内部生活中提炼出来的小说中，人们似乎在一面玻璃后面受到观察。这种小说把假定的中间人物当作唯一的主体，最终把病理学搬了出来。人们就这样解释在这个天地中被利用的数量可观的"无辜者"。无辜者是这样一种行动中的理想主体，因为他的整体只有通过他的行为被确定。他是这个令人绝望的世界的象征，在这个世界中，那些可怜的制动木偶生活在最机械的和谐之中，这个世界是美国小说家们面对现代世界作为悲怆而又无成果的抗议而建树起来的。至于普鲁斯特，他从经过耐心观察的现实出发创造一个封闭的、不可替代的世界，这个世界只属于他，并且标志着他对事物的逃避和对死亡的胜利。但是，他用的方法与此相对立。这些方法首先在一个协商而定的选择中，把握小说家将从他过去隐私中选择的经细心收集的特殊时刻。一些广阔的死亡空间就这样从生活中被抛弃出去，因为它们没有在记忆中留下任何痕迹。如果美国小说的世界就是没有记忆的人的世界，则普鲁斯特的世界只有对他自己才是一种回忆。这仅仅涉及最困难、最苛刻的回忆，这种记忆拒绝现实世界的分散，而且从一种被重新发现的香气中获取新世界或旧世界的秘密。普鲁斯特选择了内心生活，在内心生活中他选择了比生活本身更加内在的东西来反对在现实中被忘记的东西，即机械的东西、盲目的世界。但是从这种对现实

---

① 贝尔纳坦·德，圣—皮埃尔和萨德侯爵，尽管表现手法不同，都是宣传小说的创作者。

的拒绝中，普鲁斯特没有陷入对现实的否定。普鲁斯特并没有犯取消机械因素的错误——与美国小说相对称的错误。相反，在一种高级的统一中，他把失落的回忆和现时的感觉、扭曲的脚和那些幸福的日子汇聚在一起。

返回幸福和青春之处是困难的。花枝招展的年轻姑娘们面对着大海笑着，叽叽喳喳地说个不停，但静观着她们的人逐渐地失去爱她们的权利，就像他曾经爱过的姑娘们失去了被爱的权利一样。这种忧郁就是普鲁斯特的忧郁。这种忧郁在他身上十分强大，足以作为对整个存在的否定喷射出来。但是，对面貌和光线的爱好同时把他与这个世界连接起来。他不曾同意幸福的假日永远逝去。他承担起再现它们的责任，并且与死亡相对抗，指出过去在永不枯竭的现在之中、在时间的尽头重现，而且还比初始时更加真实，更加丰富。对《追忆流水年华》的心理分析于是只是一种强有力的方法。普鲁斯特真实的伟大在于描写了"又找到的年华"，它集中了一个分散的世界并且在分裂的层次上赋予它以某种意义。在死亡的前夕，他艰难的胜利，就是仅仅通过回忆和智慧的途径，从形式的不断的消逝中发掘出人类的统一而动人的象征。这样一部作品能够对创作表示的最肯定的挑战就是表现为一个大全，一个封闭和统一的世界。这就无反悔地给作品下了定义。

有人说普鲁斯特的世界是一个没有上帝的世界。若这是真的，并不是因为生活在这个世界中的人从来不谈论上帝，而是因为这个世界企图成为一种封闭的完美，并且使人的面貌成为永恒的。至少在这种企图中，"又找到的年华"是没有上帝的永恒。在这方面，普鲁斯特的作品显现为一种人所从事的反对自身必然会消失的条件的无比巨大和最有意义的事业。他指出，小说的艺术重建创作本身即那种强加给我们并且被我们拒绝的创作。至少在它的一种形态下，这种艺术旨在选择创造物来反对它的创造者。但是，它还有更深的意义，它与世界或人们的美相结合以反对死亡与遗忘的强大力量。因此，它的反抗是有创造性的。

# 创造与革命

反叛在艺术中以真正的创造而不是以批评或解说完成并永存下去。另一方面，革命只在文明中而不是在恐怖或暴政中被肯定。我们的时代由此向一个走进死胡同的社会提出两个问题：创造是可能的吗？革命是可能的吗？这两个问题实际是一个问题，它关系着一种文明的再生。

20世纪的革命和艺术求助的是同一种虚无主义，并且生存于同样的矛盾之中。它们否定它们在自身的运动中所肯定的东西，而且它们二者都通过恐怖寻找不可能的出路。现代革命想开创一个新的世界，而革命只是旧世界的矛盾的必然结果而已。说到底，资本主义社会和革命社会是一回事，因为它们屈从于同样的手段——工业生产和同一种许诺。但是，前者以它无法体现的并被它所使用的方法加以否定的形式原则的名义做出许诺；而后者以仅有的现实的名义证实自己的预言，并且最终歪曲了现实。生产社会只是生产性的，而不是创造性的。

现代艺术既然是虚无主义的，它也在形式主义与现实主义之间挣扎。再说，现实主义既是资产阶级的——即便是恐怖的现实主义——也是社会主义的，它便变成教诲的现实主义。形式主义当它是一种无用的抽象时，是属于过去的社会，同样，它也属于自称为未来的社会，它于是确定宣传。被非理性的否定摧毁的语言陷入字面上的混乱，由于屈从于规定的意识形态，它被简略为口号。艺术就在二者之间维持着。如果反叛者应该同时拒绝对虚无的愤怒和对整体的赞同，则艺术家应该同时逃避形式的狂乱和现实的极权美学。今天的世界的确是同一的，但它的统一是虚无主义的统一。文明只有在这个世界与形式原则的虚无主义及无原则的虚无主义一刀两断并且又找到一种创造性的综合的道路的情况下才是可能的。同样，艺术中的永久的解释和报道的时代已濒临死亡，于是它宣告创造者的时代到来。

但是，为此，艺术和社会，创造和革命应该重新找到反叛的根源，在这根源中，拒绝与认同，特殊与普遍，个体与历史在极度紧张状态中保持平衡。反叛在其自身并不是文明的组成部分。但是，它是一切文明的前提。只有它在我们所处的绝路中，才能够使人希望求得尼采所梦想的未来："创造者代替法官和压迫者。"这个公式并不能允许由艺术家来领导国家这种不足道的幻想。它只不过阐明我们时代的悲剧，在这个社会中，劳动完全屈从于生产，不再具有创造性。工业社会只有给予劳动者以创造者的尊严才可能开创一种文明的道路，也就是说要对劳动本身和劳动的产品都给予同等的关注和反思。文明从此成为必要的。在各阶级中，就像在个体之中，它都不能把劳动者与创造者分离，艺术创造也不能设想把形式和内容、精神和历史分离开来。这样，文明向所有的人承认反叛所肯定的尊严。莎士比亚领导修鞋匠的社会是不正确的，也是空想的。但是，修鞋匠们的社会声称可以不要莎士比亚则是不幸的。没有修鞋匠的莎士比亚被用来作为国王的借口。没有莎士比亚的鞋匠，当他无助于扩展暴政时，就会被暴政吞噬。一切创造在自身都否认主人与奴隶的世界。我们幸存在暴君与奴隶的丑恶社会里，这个社会只有在创造这层次上才会死去和改观。

但是，"创造是必要的"并不能导致"它是可能的"。艺术上的创造性时代是由实施于某个时期的混乱中的某种风格的秩序所规定的。它置同代人的诸种激情于形式和公式之中。对一个创造者来说，在我们的心情不悦的亲王们不再有谈情说爱的闲工夫的时代中，重复拉法耶特夫人已不再够了。在今天，集体的激情已经步个体的激情的后尘，通过艺术来控制爱的狂热总是可能的。但是，不可避免的问题是要控制集体的激情和历史的斗争。艺术的对象物不顾及作者的遗憾，从心理学延伸到人的生存条件。当时代的激情调动整个世界时，创造要统治整个命运。但是，同时它面对整体坚持对统一的肯定。只不过创造首先被自己，然后被整体性精神置于危险境地。创造，在今天就是冒着危险进行创造。

为了支配集体的激情，确实应该（至少应该相对地）经历与感受它。艺术在感受这种激情的同时，被这种激情所吞噬。这就使得我们的时代更多地是报道的时代，而不是艺术作品的时代。这个时代欠缺对时间的正确使用。这些激情的表露最终会引起比在爱情或雄心的时代更加重大的死亡机会，因为真正地经历这种集体的激情的唯一方式是愿意为这种激情并且由于这种激情而死。今天，最伟大的真实性的机遇就是为艺术而遭受最伟大的失败的机遇。如果在战争与革命中创造是不可能的，那我们就不会有创造者，因为战争和革命是我们的命运。无计划的生产秘不可测，它自身孕育着战争，就像乌云孕育着风暴一样。战争于是使西方遭殃并扼杀了贝基①。当资产阶级的机器刚从废墟上出现时，它就看见革命机器迎着它而来。贝基甚至不再有时间再生，即将发生的战争将杀死所有可能成为贝基的人。如果一种创造性的古典主义显示为可能的，那人们应承认：即使是以一个人名字著称，它也是一代人的成果。在破坏的世纪中的失败的种种机遇只能由数量的机遇作补偿，也就是在十个真正的艺术家中至少会有一个人幸存的机遇，他肩负起他的伙伴们最重要的言训，并且终于在他的生活中同时获得激情的时间与创造的时间。不管艺术家是否愿意，他都不再是一个孤独的人，除了在他的同辈人为他赢来的忧伤的胜利中。反叛的艺术也以揭示"我们是"而告终，伴随这种艺术的是一条怯生的谦卑的道路。

在这期间，征服的革命在自己的虚无主义的歧途上威胁着那些反对它的人，他们欲要维持整体中的统一。今天的历史，尤其是明天的历史的意义之一就是艺术家与新征服者、创造性革命的见证人与虚无主义革命的奠基者之间的斗争。对斗争的结局，人们只可能抱有合于情理的幻想。至少，我们由此知道，这斗争应该进行。现代征服者们能杀人，但似乎不能创造。艺术家们善于创造，但不能真正杀人。在艺术家中，人们只能例外地找到几个谋杀犯。久而久之，在我们革命的社会中，艺术也许会死亡。然而，革命将会生存下来。每当革命把一个本来可能成为艺术家的人扼杀时，革命就会更加衰竭一些。如果征服者们最终使世界在自己的法律面前折服，那他们也不能证明数量是主宰，而只能证明这世界是地狱。就在这个地狱中，艺术的位置还与被战胜了的反叛——出现在绝望日子中的盲目和空洞的希望——的位置相吻

---

① 贝基（1873～1914），法国作家。——译者

合。埃·德温格在《西伯利亚日记》中，谈到那个多年来被囚禁在饥寒交迫的集中营中的德国中尉，他自造了一架无声的钢琴，琴键是木头的。他在接踵而来的灾难中，在衣衫褴褛的人中间弹奏只有他一人听得见的音乐。这样，被抛到地狱中的神秘抒情曲和已消逝的美的残酷形象总是会在罪恶与疯狂中给我们带来这种和谐的反抗的回声，这种反抗几世纪以来为人类的伟大作了见证。

但是，地狱只有一段时间，生命总会有一天重新开始。历史可能有终了之时，我们的任务不是结束它，而是按照我们从此所知的真实图像创造它。至少，艺术告诉我们，人不仅仅归结为历史，还在自然秩序中发现了一种存在的理由。对人来讲，伟大的潘①并没有死。他最本能的反叛在肯定价值和所有的人的共同尊严的同时，为满足自己对统一的渴望执著地要求现实事物未被触动的一部分，这部分的名字就是美。人们可能拒绝整个历史，然而又可能与群星和大海的世界相协调。想要不理会自然和美的那些反叛者注定要从他们欲创造劳动和存在之尊严的历史中被驱逐。一切伟大的改革者都试图在历史中建立莎士比亚、塞万提斯、莫里哀、托尔斯泰曾要创造的东西：一个始终准备满足在每个人心中的对自由和尊严的渴望的世界。无疑，美不制造革命。但是，革命需要美的那一天正在来临。美的规律也是反抗的规律，这种规律在对现实非议的同时又赋予现实以统一。人们能够永恒地拒绝非正义，而又不停止对人的本性与世界之美的崇敬吗？我们的回答是肯定的。这种道德是不顺从的，同时又是忠实

---

① 潘，希腊神话中的山林、畜牧神。他身体是人，腿脚是羊，头上有角。他住在林中保护牧人、猎人及牲畜。他爱好音乐，还带领山林女神舞蹈嬉戏。——译者

的，它无论如何是唯一能照明一种真正现实主义革命道路的道德。我们在坚持美的同时，准备着复兴日子的到来，到了那天，文明远离形式原则和历史的衰落价值，而把奠定世界与人的共同尊严的这种活生生的道德置于它的思考中心。我们现在面对一个污辱这种道德的世界，要为这种道德下定义。

# 反叛与谋杀

　　欧洲和革命远离这生命的源泉，在极度的惊厥中衰竭。人在上世纪砸烂了宗教的锁链。然而，人刚从中解脱出来又重新给自己套上枷锁，一些无法容忍的枷锁。品德在死去，但又复生，变得更加气势汹汹。它向所有的人大声疾呼仁爱和这种把当代的人文主义变成可笑之物的遥远的爱。达到这样一种固定不变的程度，品德只会造成灾害。它变得尖刻的日子来临了，它担当了治安警的角色。为了拯救人类，无耻的焚尸柴火已经堆起。在当代悲剧之巅，我们同罪恶成了莫逆之交。生命的源泉和创造的源泉似已枯竭。恐怖使布满幽灵和机器的欧洲凝固起来。在两个万人坑之间，断头台架设在地道的尽头。人道主义的拷问者在那里静悄悄地欢庆他们的新偶像。什么喊声会打扰他们？诗人们面对着自己的被谋害的兄弟，自豪地称他们的双手是干净的。从此，全世界便漫不经心地把目光从这罪恶上移开了，受害者便完全无人问津：他们让人讨厌。古时候，谋杀的血迹至少让人产生一种神圣的恐怖，它使生命的价值神圣化，使人相反地设想，认为这个时代还不够血腥，这便是对这个时代的真正的谴责。血再也看不见了，它溅不到我们那些伪善者的脸上。极端的虚无主义是：盲目的和疯狂的谋杀变成了绿洲，愚笨的犯罪分子同我们异常聪明的刽子手相比令人耳目一新。

欧洲的精神长期以来曾认为它能同全人类一起反对上帝，终于它发现如果它不愿死去的话，它也必须反对人类。反叛者揭竿而起反对死亡，他们欲在人类之中建树起真正的不朽，他们惊恐地发现自己必须去杀人。然而，如果后退的话，他们必遭灭亡；如果前进，他们必须去杀人。反叛背离了自己的渊源，并且厚颜无耻地乔装改扮。它在各个层次上，都摆动在牺牲和谋杀之间。它本来希望正义成为分配性的，但它现在变成粗略性的。宽容的王国已被战胜，而正义的王国也在崩溃。欧洲正在这种失望中死去。欧洲的反叛曾为人类的无辜申辩，而现在它却拼命地对付自身的罪恶。反叛几乎还未跃向整体就天生具有一种最无望的孤独。它曾想结伙成群，现在却无其他希望，只求逐年把追求统一的孤独者零星地集合起来。

或者因为人们把一个幸存下来的社会连同它的不公正现象一齐接受下来，或者由于人们厚颜无耻地决定违背人意为历史的狂热进展服务，难道应当放弃一切反叛吗？总之，如果我们思考的逻辑将得出一种可鄙的顺大流的结论，那么应当像某些家庭有时接受无法避免的有损荣誉的事情那样去接受这种结论。如果这样的逻辑也必须为各式各样的谋害人类的行为辩护，甚至为有计划地毁灭人类辩护的话，那就应当赞成这种自杀行为。追求正义的感情终将会从中得到报偿：做交易和警察社会的消失。

然而，我们还处在反叛的世界。反叛没有成为新暴君们的借口吗？反叛行动中所包含的"我们存在"可能不引起轰动或无欺诈地同谋杀和解吗？反叛给压迫划定了界限，在这个界限以内，是人类所共有的尊严，反叛以这种方式确立起了第一个价值。它把人与人之间显而易见的合谋、共同的结构、锁链般的团结、使人变得相似并使人结成团伙的互相沟通放在它的依据的首位。这样，它使精神在同荒谬的世界的斗争中迈出了第一步。由于这一步，它面临谋杀，它所必须解决的问题变得更加令人不安。确实，在荒谬这个层次上，谋杀仅仅挑起了符合逻辑的矛盾；在反叛的层次上，这种谋杀是一种撕裂。因为问题是要决定是否可能杀死某个我们刚认出他的相貌并认可他的身份的人。孤独刚被超越，难道应当以使切割整体的行为合法化的方式最终地找回孤独吗？迫使一个刚得知自己并非独自一人的人处于孤独中，难道这不是一种反人类的深重罪行吗？

在逻辑上，人们应当说谋杀和反叛是相互矛盾的。一个奴隶主遭害，反叛者便无资格说人类的共同体，而反叛者正是从这种共同体中证实自己无罪。如果这个世界没有优越感，如果人只有人来做担保，那么只要人把一个人从人类社会中分割出来，就足以使自己从这个社会中被排除出去。该隐因杀了亚伯，便逃进荒漠。如果谋杀者是民众，民众就生活在荒漠中，生活在被称为杂乱的另一种孤独中。

反叛者自他攻击之时起就把世界分割为二。他以人与人的同一性的名义挺身而起，而他在鲜血中认可人的差别的同时牺牲了人的同一性。在贫困和压迫的深处，他的唯一的存在是在这种同一性中。同一种旨在肯定他的行动使他停止存在。他能说一些人或甚至几乎所有的人同他在一起。如果这个友爱的不可替代的世界缺少一人，这个世界就成为荒芜的世界。如果我们不存在，如果我不存在，卡利阿耶夫的忧郁和圣·茹斯特的沉默就得以解释。反叛者决心使用暴力和谋杀，为保存存在的希望，他们全然白费心思用"我们将存在"来代替"我们存在"。当谋杀者和受害者都消失以后，共同体将会没有他们而重新起来。例外情况将得以存在，规则将成为可能。在历史这个层次上，就像在个人生活中那样，谋杀便成为一种绝望的例外或什么也不是。它对事物秩序造成的破坏并没有不良后果。它是异乎寻常的，它不可能被利用，也无计划，如纯历史的态度所希望的那样。它是人们仅有的一次所达到的界限，超越这界限，就应死亡。如果反叛者放纵自己去进行谋杀活动，那么他只有一种方式同自己的行为取得和解：同意自己死亡和献身。他杀人，然后去死，以此表示谋杀是不可能的。他告诉人们他实际上更热衷于"我们存在"，而不是"我们将存在"。卡利阿耶夫在牢里的那种平静的幸福，圣·茹斯特走向断头台时的安详神态便得到了解释。超越了这个界限极限，就产生矛盾和虚无主义。

# 适度与过度

革命的迷失方向首先由对这种界限的无知或系统的否认得到了解释，这种界限似乎与人类本性不可分离，而且反叛正揭示了它。既然诸种虚无主义思想忽视这个界限，那么，它们最终将投入到一种匀加速运动之中。任何东西都不再阻止它们产生的后果，它们证明整体的毁灭或不确定的征服是正确的。在对反叛和虚无主义进行详尽考察之后，我们现在知道，除了历史有效性之外没有其他限制的革命意味着无限制的奴役。为了避开这种命运，革命精神如果要保持活力，它就应该重在反抗的源头经受锻炼，而且向唯一忠实其源泉的思想，即有限制的思想汲取教益。如果反叛所发现的界限正在改观一切，如果超出某一点的任何思想和任何行动否定自己，那就确实存在一种衡量物与人的尺度。反叛在历史中就如同在心理学中一样，是一个以最疯狂的振幅摆动的失控的钟摆，因为它寻求其深刻的节奏。但这种失控不是完全的失控。它是围绕着一个中轴摆动的。反叛提出了人的共性，与此同时，就宣布了属于这种共性原则的尺度和界限。

今天，任何反思——虚无的或实证的反思——有时在不知不觉中使这种衡量事物的尺度产生，而科学本身也确认这种尺度。量、直至今天的相对性、不定性的各种关系，这一切都确定着一个只有在我们这样的中等量值范围内才拥有可确定性的现实世界。① 引导着我们世界的诸种意识形态是在具有绝对科学量值的时代诞生的。相反，我们的实际知识只准许一种相对量值的思想。拉扎尔，皮凯勒说："智慧就是我们不把我们所想的东西推到底的能力，为的是使我们还能够相信现实。"近似的思想是现实唯一的发生器。②

　　说到底，不存在在其盲目行进中不使其自身的衡量尺度显现出来的物质力量。所以，想要推翻技术是无用的。纺车的时代已经过去，梦想手工业式的文明是徒劳的。机器只有在现时对它的使用方式中才是坏的。应该接受它的恩惠，即使人们拒绝它的破坏性。运输者对他日夜驾驶的卡车了如指掌并且满怀情谊有效地使用它，这卡车并不欺侮他。真正的非人的过度就在劳动分工之中。但是，由于超过尺度，一架有一百个程序、只由一个人操纵机器、仅创造一种物件的日子来临了。这个人在不同的层次将重新部分地获得他在手工业中拥有的创造力。无名的生产者于是靠近创造者。当然，还不能肯定工业过度会马上走上这条道路。但它已通过它的运行表明了尺度的必要性。而且它引起组织这种尺度的思考。或者，这种界限的价值终将得到利用，或者当代的过度将只有在普遍的毁灭之中才能找到它的规律和平静。

────────────

　　① 于这点，可参看拉扎尔，皮凯勒出色而奇妙的文章：《物理证明哲学》（Empr色 docle）第 7 期。
　　② 今天的科学背叛了它的根源并且否定它自己的成果，因为它任凭自己为国家恐怖主义和强权精神服务。它的惩罚和衰落就是在抽象的世界中制造毁坏和奴役的方法。但是，当界限被达到时，科学将可能为个体反抗服务。这种可怕的必然性将标志着决定性的转折。

　　适度的这种规律同样延伸到反叛思想的一切二律背反之中。现实并不完全是理性的，而理性的东西也不完全是现实的。在谈到超现实主义时，我们已经看到：对统一的欲望并不仅仅要求一切都是理性的。它还要求非理性的东西不被牺牲掉。我们不能说一切都没有意义，因为人们由此肯定一种由判断认定的价值。我们也不能说一切都具有意义，因为一切这个词对我们来讲是没有意义的。非理性限制赋予它尺度的理性的东西。终于，某种东西有了我们应该在无意义上面取得的意义。同样，我们不能说存在只是处于本质的水平上。若不在实存和生成的范围内，又在何处把握本质呢？但我们不能说，只是实存存在。总是在生成中的东西不能存在，必须有一个开始。存在只有在生成中感觉到自身，而若没有存在，生成则一无所有。世界并不处于一种纯粹的固定不变之中，但它也不仅仅是运动。它是运动和固定。譬如，历史的辩证法并不是无限地朝着一种不为人知的价值逃避，而是围绕着界限这一最初的价值转动。赫拉克利特是生成的创立者，他还赋予这种永久的流动以一种界限。复仇女神——给过度带来不幸的适度女神——象征着这种界限。要对反叛的当代矛盾进行分析的思考应该向这位女神求得启示。

　　道德的二律背反也同样由于这种中介价值而开始得以阐明。品德不可能脱离现实而不成为恶的原则。同样，它也不能绝对地与现实同一而不否定自身。最终，反叛所揭示的道德价值并不凌驾于生活与历史之上。同样，历史和生活也并不凌驾于道德价值之上。事实上，道德价值只有在一个人为它献出生命或把生活托付于它的时候才能在历史中获得实在。雅各宾和资产阶级的文明认为价值高于历史之上，而这种文明的形式品德则建立起一种令人厌恶的神秘化。20世纪的革命宣告：各种价值相混于历史的运动，而且它的历史理性为一种新的神秘化申辩。面对这种失控，适度告诉我们，任何道德都应该有一部分现实主义的东西：纯粹的品德是会杀人的，而且任何现实主义都应有一部分道德：犬儒主义就会杀人。这就是为什么人道主义的空话并不比卑劣的挑衅更能站得住脚的原因。人最终不能是完全无罪的，他并没有开创历史；他也不能是完全无辜的，因为他在延续历史。超出这个界限并且肯定自己完全无罪的人们最后陷入最终罪恶的疯狂之中。相反，反叛则把我们推上经过谋算的罪恶道路。它唯一的、然而是无法遏止的希望，严格说来是体现在无辜的杀人者之中的。

在这界限上，"我们存在"荒谬地确定着一种新的个人主义。"我们存在"在历史面前，而历史应该重视这"我们存在"，这"我们存在"反过来应该在历史中坚持。我需要其他人，而其他人也需要我和每一个人。每个集体行动、每个社会都设定一种纪律，若没有这种纪律，个人就只是屈从于敌对集体压力的一个局外人。但是，如果社会和纪律否定这个"我们存在"，它们就会迷失方向。在某种意义上说，只有我一个人承担了共同的尊严，我不能让这种尊严在我身上和其他人身上被吞噬掉。这种个人主义不是享乐，它永远是斗争，有时是在自豪的怜悯的顶点上的无与伦比的快乐。

## 正午的思想

至于要弄清这样一种立场在现今世界是否有它的政治表现，那么很容易提到——而这只是一个例证——人们传统称作为革命工团主义的东西。这种工团主义本身难道不是无效吗？回答很简单：正是它在一个世纪中奇妙地改善了工人的境况，从一天工作

16 小时到每星期工作 40 小时。意识形态的帝国，使社会主义向后倒退，并且摧毁着工团主义的大多数胜利成果。因为工团主义是从具体的基础出发的，即职业。它属于经济范畴，正如公社是属于政治范畴，即有机体赖以建立的活的细胞。至于专制的革命则是从学说出发的，而且强行使现实服从学说。和公社一样，工团主义否定官僚主义的和抽象的集权主义<sup>①</sup>而注重现实的利益。20 世纪的革命则相反，它声称建立在经济基础上，但它首先是一种政治，一种意识形态。鉴于它的功能，它不能避免恐怖和对现实施行暴力。不管它的欲望是什么，它都从绝对出发来塑造现实。相反，反叛依靠现实为的是向着真理在不断的战斗中前进。反叛试图由上至下得以完成，真理则要从下至上得到完成。反叛远不是一种浪漫主义，相反，它支持真正的现实主义。若它要求一种革命，那它为的是生命而不是为着反对生命。这就是为什么它首先依靠最具体的现实：职业、村庄、存在物与人的跳动的心脏，在这些现实中忽隐忽现的缘故。至于政治，它应该屈从于这些事实。最后，它推动历史前进并减轻人们的痛苦，它从事这一切而没有造成恐怖——如果不是说没有暴力的话，而且是在各种迥然不同的政治条件下进行的。<sup>②</sup>

但是，这个例证比它表面的涵义要深刻得多。恰恰是在专制革命战胜工团主义和极端自由主义的那一天，革命思想在自身中失去了一种抗衡力量，而它不能失去这种力量，否则就会衰落。

---

① 未来的巴黎公社社员多兰说："人类只有在自然团体的内部才能获得解放。"

② 只需列举唯一的例证：今天的斯堪的纳维亚社会表明在纯粹政治的对立中所存在的人为的和杀人的东西。最多产的工团主义与君主立宪在这一点上和解了，它还在实现一个近似公正的社会。历史的和理性的国家首先关注的则相反，是永远粉粹职业组织和公社的自治。

这种衡量力量，这种衡量生活的精神，就是使悠久传统活跃起来的抗衡力量本身，这种传统就是人们可以称作太阳思想的传统，在这种传统中，从古希腊开始，本性总是与生成平衡的。在第一国际的历史中，德国社会主义与法国、西班牙和意大利的极端自由主义思想进行不懈的斗争，这部历史就是德国意识形态和地中海精神之间进行斗争的历史。[①] 反对国家的公社，反对绝对社会的具体社会，反对理性暴政的反思的自由，最终反对群众殖民化的利他的个人主义，这些于是成了再次体现自远古社会以来活跃着西方历史的适度与过度之间的长期较量的二律背反。这个世纪的深刻冲突可能并不是发生在历史的德意志意识形态和基督教政治之间，二者以某种方式成为共谋，而是发生在德意志梦幻与地中海传统之间，永葆青春的暴力与成熟的力量之间，被知识与书本激起的怀念与在生活奔波中变得坚强、得到指引的勇气之间，最后是历史与自然之间。但是，德意志意识形态在此是继承者。最初以历史之神的名义、然后以神化历史的名义反对自然的二十个世纪的徒劳斗争正是在德意志意识形态中结束的。无疑，基督教只有尽可能地吸取希腊思想，才能战胜天主教。但是，当教会清除其地中海遗产时，它特别强调历史而有损于自然，使哥特语战胜罗马语；它摧毁自身中的界限，越来越多地要求时间的威力和历史的活力。自然不再是沉思与欣赏的对象，它随后只能成为旨在改变它的某种行动的材料。这些倾向，而不是可能造成了基督教真正力量的中介概念，在现今时代中通过事物正确的回归，在反对基督教本身的斗争中取胜，把上帝从这历史天地中确实驱

---

① 参见马克思给恩格斯的信（1870 年 7 月 20 日），信中马克思希望普鲁士战胜法国："德国无产阶级对法国无产阶级的优势同时是我们的理论对普鲁东理论的优势。"

逐出去，而德意志意识形态诞生于行动，这个行动不再是完善，而是纯粹的征服，也就是暴政。

但是，历史专制主义尽管取得了胜利，却始终遇到人的本性不可抗拒的要求，而地中海保留着人的本性的秘密，在地中海里，智慧与强烈阳光是孪生姐妹。反叛的思想，公社或革命工团主义的思想都面对资产阶级虚无主义——就像面对专制社会主义——从未停止过高呼这种要求。专制思想借助于三次战争并由于从肉体上消灭了反叛者中的精英，吞没了具有这种极端自由的传统。但这不足道的胜利是暂时的，斗争还在延续着。欧洲从来只是存在于这正午与午夜之间的斗争中。只有从这场斗争中逃脱，日被夜所遮蔽，欧洲才会衰落。今天，这种平衡的打破带来最美好的果实。我们被剥夺了中介，流离了自然的美。我们又一次回到《旧约》的世界，夹在残忍的法老和无情的天空之间。

在共同的灾难中，古老的要求于是又诞生了，本性又一次屹立在历史面前。显而易见，问题不在于蔑视什么，也不在于颂扬一种文明反对另一种文明，问题是只要说出存在着一种当今世界将不能长期缺少的思想。确实，在俄国人民身上有着赋予欧洲以牺牲力量的东西，而在美国人身上，则有一种必要的建设伟力。但是，世界的青春总是围绕着同样的岸边。我们这些地中海人被抛入无耻的欧洲——最值得骄傲的种族由于被剥夺了美和友谊正在其中死去，我们总是依靠同样的光线生活。在欧洲的深夜，太阳思想、双重面貌的文明都期待着它的曙光，但这曙光已经照亮了真正均衡的道路。

真正的均衡在于为对时间的偏见辩护，而首先是为这些最深刻、最不幸的偏见辩护，它们要使摆脱了过度的人由此还原为一种贫乏的智慧。的确，当过度为自己付出尼采的疯狂时，过度可能是一种神圣。但是，这种在我们文化舞台上炫耀的灵魂的狂醉，是否总是过度的目眩、不可能物的疯狂，而这种疯狂导致的灼伤永远不再离开至少有一次投身于其中的人？普罗米修斯曾具有这种希洛人①或检察官的面目？不，我们的文明是在懦弱的、可憎的灵魂的自得中，在未老先衰者的虚荣愿望中幸存。路济弗尔②也与上帝一起死去，从他的骨灰中出现一个平庸的、甚至不知何去何从的魔鬼。在 1905 年，过度总是一种舒适，有时是一种放任。相反，适度则是一种纯粹的紧张。无疑，它在微笑，而我们孜孜不倦献身于来世说的狂热分子对这微笑不屑一顾。但这微笑在一种不懈努力的顶峰上闪闪发光：它是一种补充力量。这些向我们显示吝啬面孔的欧洲小人如果不再有力气微笑的话，他们为什么要把他们绝望的狂热作为优越的榜样呢？

过度的真正的疯狂在死亡，或者建立它自身的适度。它并不使他人死亡以为自己寻找一个借口。它在最极端的撕裂中重新找到它的界限，如果必需的话，它会像卡利阿耶夫一样在这界限上献身。适度并不是反叛的反面。反叛就是适度：反叛理顺、捍卫适度并在历史及其杂乱无章中重建适度。这种价值的根源本身向我们保证它只能够被撕裂。适度产生于反叛，它只能通过反叛生存。它是一种不断被智慧激发和控制的经常性的冲突。它既不战胜不可能，也不战胜深渊。它与二者平衡相处。不管我们做什么，过度总将在人的内心中、在孤独的地方保留其位置。我们每个人身上都背负着苦役、罪恶和灾难。但是我们的任务并不是在世界上激发它们，我们的任务是在我们自身与其他人身上击败它

---

① 希洛人，斯巴达的国有奴隶。——译者
② 宗教用语，意即魔王。——译者

们。巴莱士①曾说过的、今天还这么说起的反叛，即不逆来顺受的意志，就属于这种斗争原则。反叛就是形式之母，是真正生命的源泉，它使我们永远屹立在历史的不定形的、愤怒的运动之中。

## 虚无主义之外

对人来说，存在一种处在中间的水平、即他的水平上的可能的行动和思想。任何更有奢望的事业都显示为矛盾的。通过历史，绝对并没有被达到，尤其是并没有被创立。政治不是宗教，它是专横严格的调查。社会何以确定一种绝对？也许每个人都为所有人寻找这个绝对。但是，社会和政治仅仅担负着解决所有人的事情的责任，为的是使每个人都能有欢娱和自由去进行这个共同的寻求。历史不再被树立为信仰的对象。它只是一种机会，问题是要通过警惕的反叛使这种机会变得频繁起来。

勒内·查尔绝妙地写道："收获梦的缠绕以及对历史的漠不关心，这是我的弓的两端。"如果历史的时间并不是收获的时间造成的。那么历史确实只是一片转瞬即逝的严酷的阴影，在这片阴影中不再有人的份。谁献身于这个历史就是献身于空无，而他自己也是一无所是。但是，谁献身于他的生命时间，献身于他保卫着的家园，活着的人的尊严，那他就是献身于大地并且从大地那里取得播种和养育人的收获。最终，那些推动历史前进的人，也就是在需要时会奋起反对历史的人。这意味着一种无限的紧张和同一位诗人谈到过的紧张的安详。但是，真正的生活是在这撕

---

① 巴莱士（1862～1923），法国作家。——译者

裂的内部出现的。它就是这种撕裂本身，就是在光的火山上翱翔的精神，是公平的疯狂，是适度的精疲力尽的不妥协。对于我们来说，在这漫长的反叛经历的边缘回响的不是乐观主义的公式——我们的极度不幸使这些公式有何用？——而是勇气和智慧的话语，这些话语靠近大海，是相同的道德。

今天，没有一种智慧能提供更多的东西。反叛不懈地反对恶，从恶出发，反叛所要做的只是进行一项新的冲击。人能够在自身中控制一切应该控制的东西。他应在创造中弥补一切能够弥补的东西。这以后，孩子们总会不公正地死去，即使在完美的社会中'也是如此。人竭尽全力只能设法在算术级数上缩小世界的痛苦。但是，非正义和痛苦还将继续，尽管受到限制，它们将继续成为丑闻。卡拉玛佐夫的"为什么"还将继续回响。艺术和反叛只会与世上的最后一个人一起死亡。

无疑，在人们追求统一的狂热欲望中存在着一种人们积累起来的恶。但是，另一种恶源于这杂乱无章的运动。在这恶面前，在死亡面前，人在灵魂深处呼唤正义。历史的基督教只以王国、后来又以建立在信念上的生来回答这种对恶的抗议。但是，痛苦销蚀着希望和信念，它因而是孤独的、得不到解释的。受尽苦难与死亡的劳动群体是没有上帝的群体，我们的位置从此就在他们一边，远离新老圣师。历史的基督教却把在历史中忍受的恶与谋杀的治愈推到历史之外。当代唯物主义也以为能回答一切问题，但它是历史的仆从，它扩大着历史谋杀的领域并且同时使它得不到任何解释，除了在仍然要求信念的未来中。在这两种情况下，应该等待，而且在这期间，无辜不停地死去。二十个世纪以来，恶的总数在世界上并没有减少。耶稣的再临人间——不管是神性的，还是革命的——没有一次得以实现。非正义始终与一切痛苦粘着在一起，即使是那些在人们看来最值得忍受的痛苦也罢。普罗米修斯面对压迫他的各种努力所持的长期沉默始终疾呼着。但普罗米修斯时而看到人们也转而反对他并且嘲笑他。他被夹在人的罪恶和命运、恐怖及独裁之间，他只剩下了反抗的力量以从谋杀中解救那还能成为谋杀的东西，而不向亵渎神明的傲慢让步。于是，人们明白：反叛不能脱离一种古怪的爱。那些既不能在信仰上帝中也不能在历史中获得安息的人注定要为那些像他们一样的不能生活的人们而活着：为那些被欺侮的人们。反叛最纯粹的运动于是笼罩上了卡拉玛佐夫嘶声的呼喊：如果他们全体没有得救，单解救一个人又有什么用？这样，天主教囚徒们今天在西班牙监牢里拒绝受洗礼，因为当局的卫道士在某些监狱里把洗礼变成强迫的事情。这些人是受折磨的无辜的唯一见证人，如果必须以非正义与受压迫为代价而获救，他们宁愿拒绝得救。这种疯狂的慷慨大度就是反叛的慷慨大度，它及时地给出它爱的力量，并永远拒绝非正义。它的荣光就是什么都不计较，就是把一切贡献于现时的生活和活着的弟兄们。就这样，它为将来的人们竭尽全力。真正的向着未来的慷慨大度在于把一切都给予现在。

反叛由此证明，它是生命运动本身，只要不弃绝生命，就不能否定它。它的每一次最纯粹的疾呼都使一个人站起来。它就是爱情的多产，或者就什么都不是。没有荣誉的革命、计算的革命宁要抽象的人而不要具有肉身的人，只要必须，它就否定存在，用怨恨取代了爱。忘记了自身慷慨的渊源的反叛一旦任凭自己被怨恨染指，立刻就否定生命，走向解体，并且扶助起这群露出狞笑的小小的捣乱者——奴隶的种子，这些人今天最终在欧洲所有的市场主动提供各式各样的奴颜婢膝的效劳。这不再是反叛，也不是革命，而成为仇恨和暴政。那么，当革命以强权与历史的名义变成这种杀人的和过度的机械时，一种新的反叛以适度与生命的名义变得神圣起来。我们就处在这个极端点上。在这茫茫黑暗的尽头，一束光线的出现是不可避免的，我们已隐约看到这束光线，为此我们只应为这束光线能存在而斗争。我们全体超越出了虚无主义，我们正在废墟之中准备一种新生。但很少有人知道这点。

事实上，反叛并不欲求解决一切，它至少已经能正视一切。从这个时刻起，正午在历史的运动中流动。在这灼人的炭火周围，阴影有一刻在挣扎，然后就消失了，而盲人们，摸着他们的眼皮，叫喊说这就是历史。被弃置于阴影中的欧洲人背离了固定不变和光芒四射的点。他们为着将来忘记了现在，因为强权的烟雾而忘记存在的猎获物，因为五光十色的城市而忘记城郊的贫困，为着一块空洞的土地忘记每天的正义。他们对各人的自由感到绝望，幻想一种奇特的人类的自由；他们拒绝孤独的死亡，并且把一种绝妙的集体弥留称为永垂不朽的事情。他们不再相信存在着的东西，不再相信世界和活着的人，欧洲的秘密就是它不再热爱生命。那些盲人曾幼稚地认为热爱生命中的一天就是证明多少世纪的压迫是有理的。所以，他们要抹掉世界画幕上的欢乐，并且把它推向以后。对界限的不耐烦、拒绝它们的双重存在、对成为人的绝望，最终把他们抛进非人的过渡中。否定生命的正确的伟大，他们不得不为自身下赌注。由于别无他法，他们只能被神化，而他们的不幸就开始了：这些神的眼睛是空洞洞的。卡利阿耶夫和他全世界的弟兄们则相反，他们否定神明，因为他们拒绝赐死的无限制权力。他们选择了在今天唯一具有特色的规则，并把它们作为我们的楷模：学会生活和死亡，并且要成为人，就要拒绝成为神。

　　在思想的正午，反叛者拒绝神明以承担共同的斗争和命运。我们将选择伊塔克①、忠实的土地、勇敢而简朴的思想、清晰的行动以及明晓事理的人的慷慨大度。在光亮中，世界始终是我们最初和最后的爱。我们的弟兄们和我们在同一天空下呼吸，正义是活生生的。于是帮助生活和死亡的奇特快乐产生了，从此我们拒绝把它推向以后。在痛苦的大地上，它是不知疲倦的毒麦草、苦涩的食物、大海边吹来的寒风、古老的和新鲜的曙光。在长期的争斗中，我们和这欢乐一起重造这时代的灵魂，重造一个将什么都不再驱逐的欧洲，它既不驱逐尼采——这个魔影在他精神崩溃后的十二年中，西方把他作为自己最高的意识和虚无主义的惊世骇俗的形象来参拜，也不驱逐那个正义的、毫无温情的预言家，他误入"高门"墓地非教徒的方寸之中；它不驱逐被视作神明的、躺在玻璃棺材中行动的人中的木乃伊，也不驱逐任何欧洲的智慧与力量不断地供给一个悲惨时代的傲气的东西。的确，在1905年的殉难者旁边，所有人都能够再生，但条件是要懂得他们正在相互纠正，而且在太阳中有一个界限阻挡他们所有人。每个人都对别人说他不是上帝，浪漫主义在此告终。在这个时刻，我们中的每一个人都应生活在历史中或违背历史剑拔弩张，为的是重新经受考验并且夺得他已经拥有的东西：他田地里微薄的收成、对这块土地的短暂的爱情；在一个人终于诞生的时刻，必须留下时代和它青春的狂怒。弓弯曲着，木在呼叫着。弓在紧张状态的顶点马上将直射出最沉重而又最自由的一箭。

---

　　① 伊塔克，岛名。希腊神话中的英雄乌利西斯（奥德修斯）的王国所在地。——译者

# 荒谬与自杀

真正严肃的哲学问题只有一个：自杀。判断生活是否值得经历，这本身就是在回答哲学的根本问题。其他问题——诸如世界有三个领域，精神有九种或十二种范畴——都是次要的，不过是些游戏而已；首先应该做的是回答问题。正如尼采所说，如果一个哲学家要自己的哲学受到重视，那他就必须以身作则；要是这种说法是正确的，人们就会理解到回答这个问题是多么重要，因为这种回答先于最后的行动。心灵对这些显而易见的事实是十分敏感的。但是，应该更深刻地分析这些事实以便使精神明了它们。

如果要问，根据什么而得出这个问题比其他问题更为急迫这种判断呢？我会回答说，根据它要进行的行动。我还从未见过为本体论原因而去死的人。伽利略曾经坚持过重要的科学真理，而一旦他穷困潦倒，就轻易地放弃了自己的主张。从某种意义上讲，他做得对。为这个真理遭受火刑是不值得的。地球或太阳哪一个围绕着另一个转，从根本上讲是无关紧要的。总而言之，这是个微不足道的问题。但是，我却看到：许多人认为他们的生命不值得再继续下去，因而就结束了生命；我还看到另外一些人，他们荒唐地为着那些所谓赋予他们生活意义的理想和幻想而死（被人称之为生活的理由同时也就是死亡的充分理由）。因而我认为生命意义的问题是诸问题中最急需回答的问题。如何回答这个问题呢？我认为那些要冒险去死的人和那些以十倍的热情渴望生的人对于一切基本问题的回答都只有两种思考的方法：一种是帕利斯①的方法，另一种是堂吉诃德的方法。事实推理法和抒情诗式表达法的平衡是使我们能同时获得激情与清醒的唯一途径。在一个既如此卑微又如此富于悲怆情调的主题中，玄妙经典的辩证法应该让位。人们是在更加素朴的思想立场上设定这个主题的，这种立场同时来自正确的方向与同情好感。

　　人们向来把自杀当作一种社会现象来分析。而我则正相反，我认为问题首先是个人思想与自杀之间的关系问题。自杀的行动在内心默默酝酿着，犹如酝酿一部伟大的作品。但这个人本身并不觉察。某天晚上，他开枪或投水了。人们曾对我谈起一个无家可归的流浪汉自杀了，说他在五年前失去了女儿，从此他就完全变了，人们说他的经历早已为自杀的行动"设下了伏雷"，人们还没能找到比"设下伏雷"更准确的词。开始思想，就是开始设下伏雷。社会在一开始与自杀并无关联。隐痛深藏于人的内心深处，正是应该在人的内心深处去探寻自杀。这死亡的游戏是由面对存在的清醒，过渡到要脱离光明的逃遁。我们应该沿着这条线索去理解自杀。

　　自杀的发生有许多原因，总的说来，最清楚明显的原因并不

---

　　① 帕利斯（Palisse，1470—1525）：法国贵族、将军，曾为查理八世、路易十二和弗朗索瓦一世三代君王服务，参加过当时所有对意大利的战争。——译注

是直接引起自杀的原因。人们极少（但不能排除）因为反思而自杀。引发危机的因素几乎总是不能控制的。报纸上常常谈到"内心的忧伤"或"无法医治的病痛"，这些解释是对的。但似乎还应知道，如果在同一天里，有个朋友对那丧失希望的人以一种漠然冷淡的语调说话，那这个朋友就负有罪责。因为他的话足以加剧失望者的痛苦，加剧他悲观厌世的情绪。①

然而，如果说要准确地确定思想是何时决定死亡以及采取什么微妙的步骤，是很困难的事，那么，从死亡行动中获取思想预设的结果则比较容易。在某种意义上讲——就像在情节剧中那样——自杀，就是认可，就是承认被生活超越或是承认人们并不理解生活。我不必把这种类比扯得太远，还是回过来用一些通常的用语加以说明。自杀只不过是承认生活着并不"值得"。诚然，活着从来就没容易过，但由于种种原因，人们还继续着由存在支配着的行为，这其中最重要的原因就是习惯。一个人自愿去死，则说明这个人认识到——即使是下意识的——习惯不是一成不变的，认识到人活着的任何深刻理由都是不存在的，就是认识到日常行为是无意义的，遭受痛苦也是无用的。

那么，这种要消除对生活必要的麻木精神的、难以尽述的感情究竟是什么呢？一个哪怕可以用极不像样的理由解释的世界也是人们感到熟悉的世界。然而，一旦世界失去幻想与光明，人就会觉得自己是局外人。他就成为无所依托的流放者，因为他被剥夺了对失去的家乡的记忆，而且丧失了对未来世界的希望。这种人与他的生活之间的分离，演员与舞台之间的分离，真正构成荒

---

① 在这里不应忘记这样的论述是有相对性的。自杀的确可能与更加高尚的观点相关。比如中国革命中以死抗争的所谓政治自杀。——原注

谬感。无须多加解释，人们就会理解到：在所有健在而又已经想过要自杀的人身上，都存在着这种荒谬感与对虚无的渴望直接联结起来的关系。

本书的宗旨就是要讨论荒谬与自杀的关系，讨论在什么确定的范围内自杀成为荒谬的一种结果。我们在原则上可以说：在一个真诚的人看来，他笃信的东西能够制约他的行动。因而，对存在的荒谬性的笃信就能够支配他的行为。人们会好奇地问——清楚地而不是故作悲伤地——这种推理的结果会不会强制人们尽快地离开这不可理解的环境呢？显而易见，我在这里说的是那些准备与自身协调一致的人们。

用明确的词句提出这个问题，那问题似乎就显得既很简单却又难于解决。如果认为简单的问题其答案更为简单，或明晰性引发出明晰性，那就大错特错了。若先验地，颠倒问题的各项，那就和人自杀还是不自杀的问题一样，似乎只有两种哲学结果，即"是"（Oui）和"不"（Non）这两种结果。这真是妙不可言！但是，还应谈到那些没有得出最终结论而总是提出疑问的人。我这里并不是开玩笑：这样的人是大多数。我还同样看到一些人，他们嘴上回答的是"不"，但行动却证明他们想的是"是"。根据尼采的准则，这些人实际上是用一种或另一种方式来思考"是"的。然而，那些自杀的人又常常可能确信生活的意义。这样的矛盾屡见不鲜。甚至可以说，在逻辑学反而显示出那样强烈的诱惑力这点上讲，这些矛盾从来没有如此深刻过。在这个范围内，我们可以把诸种哲学理论与那些宣扬这些理论的人的行为加以比较。但是，应该指出，在对生活意义持否定态度的思想家中，除了文学作品中的人物基里洛夫，天生耽于幻想的贝尔格里诺斯①和善于预见假设的于勒·洛基叶②之外，没有一个人把否定生活意义的逻辑推理发展到否定这个生活本身。为了嘲笑这种推理，人们常常举叔本华为例。叔本华在华丽的桌子前歌颂着自杀。其实，这并没有什么可笑的。这种并不看重悲剧的方法并不是那么严重，但用它最终可以判断使用它的人。

在这些矛盾和困难面前，是否应该认为，在人们可能对生活产生的意见和人们为离开生活而进行的行为之间没有任何联系呢？我们在这点上还是不要夸大其词。在一个人与自己的生活的关系中，存在着某种压倒世界上一切苦难的东西。身体的判断和精神的判断是相等的，而身体面对毁灭畏缩不前。我们在养成思考的习惯之前业已养成生活的习惯。在这迫使我们每天都一步步向死亡靠近的奔跑中，身体相对思考而言总是保持着这不可挽回的提前量。最后，这种根本矛盾寓于我们称之为"躲闪"的东西之中，因为，按帕斯卡的说法，这种矛盾既轻于又强于消遣娱乐。对死亡的躲闪是本书的第三个论题，那就是希望：对一种必须与之"相称"的另一种生活的希望，或者对那些不是为生活本身而是为了某种伟大思想而生活的人的欺骗，这种思想超越了生活，使生活升华，它赋予生活某种意义并且背离了生活。

这一切使事情复杂化了。人们至此玩弄词句并且极力假装相信：否认生活的意义势必导致宣称生活不值得再继续下去，不过，这些企图并非毫无用处。事实上，在这两种判断之间并没有

---

① 我听说贝尔格里诺斯的一个竞争者——一位作家，战后完成了他的处女作，为了要作品引起注意，他自杀了。他确实引起了注意，但他的作品仍被认为是失败的。——原注

② 于勒·洛基叶（Jules Leguien，1814—1862）：法国哲学家。——译注

任何强制的尺度。只不过应该避免上面提到的混乱词句、分离和悬而未决的问题把我们引入歧途。应该避开这些，深入到真正的问题中去。一个人因为生活不值得经历而自杀，这无疑是一个事实——然而因为它显而易见，乃是贫乏的事实。但是这种对存在的诅咒，这使人们深陷其中的失望是否就是因为生活没有意义而产生的呢？生活的荒谬性是否就迫使人们或通过希望或通过自杀来逃避它呢？这就是必须集中揭示、探寻并且阐明的问题。荒谬支配死亡，应该认识到这个问题比其他问题都重要，避免一切思想方法和无关精神的游戏。一种"客观"精神总是能够把差异、矛盾、心理学引入所有问题之中，而这些东西在我们的研究中、在激情问题上都是没有地位的。这里需要的只是一种非正当的思想，即逻辑学。这并不是一件易事。合乎逻辑总是很容易的，但要从头至尾都合乎逻辑几乎是不可能的。自己结束自己生命的人至死仍任凭其情感行事。对于自杀的思考提供给我一个提出唯一使我感兴趣的问题的机会：至死不变的逻辑是否存在？这个问题的答案只有遵循我要指出其根源的推理才可能得出，在这个过程中决不能带有混乱的情感冲动，而只能依靠清醒的分析。这就是我所谓的荒谬的推理。许多人已开始了这种推理，但我尚不知道他们是否坚持了下去。

为了说明构成统一的世界是不可能的，雅斯贝尔斯大声疾呼："这样的限制把我引向我自身，我在自身中就不再能躲避在一个客观观点的后面，而只能表现这种观点，这样，无论是我自己还是他人的存在都不再作为我的对象。"这时，他继许多作家之后又提到这荒芜缺水之地，思想在其中已是山穷水尽。继许多作家之后，是的，也许是如此。但是，有多少人急于要从中挣脱出来啊！许多人混杂于最卑微的人之中，到达这思想在其中摇曳不定的最后关头。这些人于是正在放弃他们拥有的最珍贵的东西——他们的生命。另一些人是精神骄子，他们也放弃了，但他们是在最纯粹的反抗中，进行了思想的自杀。真正有力量的人则相反，他们要坚持下去，他们把这看作是可能的，就是说仔细地观察远处的奇异植物。执着和洞见，二者是对这非人游戏的特殊旁观者。荒谬、希望和死亡在游戏中角逐争斗。精神在阐明并重新经历这种原始而又微妙的争斗的种种面貌之前，就已经能够分析它们了。

# 哲学性的自杀

　　荒谬的感情并不因此是荒谬的概念。前者奠定了后者，如此而已。荒谬的感情并不把自己归结为荒谬的概念，否则，它就会变成它对世界作出判断的短暂时刻。而它在判断之后还要更进一步。荒谬的感情是活生生的，这就是说，它或者应该死亡，或者比以前更有声势。这就是我们已经汇集的主题。但在这里，我感兴趣的仍然不是作品或那些评论要求它们有另一种方式和另一种地位的思想，我感兴趣的是去发现它们的结论中共同的东西。思想也许从来没有像现在这样种类繁多。然而，我们承认，精神受到震动而表现出来的种种面貌是一致的。同样，通过如此各不相似的那些科学而要求阻止这些科学行进的呐喊，它以同样的方式发出自己的声音。人们清楚地感觉到我们刚才提到的那些思想拥有一种共同的气质。说这种气质是致命的，那差不多就是在玩弄词句。在这令人窒息的天空下生活，就要求人们或者脱离它，或者留在其中。问题在于要知道在第一种情况下人们如何脱离，而在第二种情况下人们又为什么要留在其中。这样我就确定了自杀问题和人们赋予存在哲学结论的意义。

　　我首先要讲几句题外话。我们至此只能从外部限定荒谬。然而，我们可以问一下这个概念明确包含的内容是什么，并且能够要求，通过分析一方面重新得到它的意义，另一方面则能重新获得这个概念所推引出的种种结果。

　　如果我指控一个无辜者犯了弥天大罪，如果我认定一个品格端方的人觊觎他的同胞姐妹，他会反驳说：这是荒谬的。这种义愤有其滑稽的一面。但它还包含有其深刻的原因。品德端方的人的反驳澄清了我强加在他身上的行为与他的全部生活准则之间的决定性矛盾。"这是荒谬的"，这句话意味着："这是不可能的"，但同时也是要说："这是矛盾的"。看见一个赤手空拳的人向荷枪实弹的队伍进攻，我会认为他的行为是荒谬的。但只是鉴于他的欲望与等待着他的现实之间的矛盾，鉴于我所把握的他的真实力量与他要求达到的目标之间的矛盾，我才得出"他的行为是荒谬的"判断。同样，我们把一个案件与另一个证据确凿的案件相比较，认定前者是荒谬的。还同样，凭借荒谬进行的论证，是通过对推理的结果与人们要建立的逻辑现实加以比较进行的。在所有这些情况下，从最简单到最复杂的情况，荒谬感愈来愈深，更何况在我们进行的比较中；比较的各项之间的偏离还在加大。世上存在荒谬的婚姻，存在着轻蔑、怨恨、沉默、战争，还有和平。对这些现象中的任何一种来讲，荒谬感都产生于一种比较。这样，我就有充分理由说，对荒谬的体验并不来自对一个行为或印象的简单考察，荒谬感是从对一种行为状态和某种现实、一个行动和超越这个行动的世界所进行的比较中爆发出来的。荒谬从根本上讲是一种离异。它不栖身于被比较的诸成分中的任何一个之中，它只产生于被比较成分之间的较量。

　　这样，在知的范围内，我也能够说，荒谬既不存在于人（如果同样的隐喻能够有意义的话）之中，也不存在于世界之中，而是存在于二者共同的表现之中。荒谬是现在能联结二者的唯一纽带。我无需把这问题挖掘得更深。对探索者来讲，仅一种信念就足矣。问题只是要从中获取一切结果来。

最直接的结果同时就是一种方法的规则。这样被公诸于世的奇特的三位一体论完全不同于发现美洲新大陆。但它却与经验的诸种材料有共同之点，它无限简单而同时又无限复杂。它在这方面的首要特征就是：它不能自我分解。只要破坏了它其中的一项，那就是破坏了它的整体。人不能够在精神之外获得荒谬感。因此，荒谬和任何事物一样是随着死亡而告结束。但是，我们同样不可能在这世界之外找到荒谬。正是根据这样的法则，我断定荒谬的概念是重要的，而且它体现了我的诸真理中的第一个真理。我们前面提到的方法准则在这里出现了。如果我判断说一个东西是真实的，我就应该保护它。如果我参与了解决一个难题的活动，那我至少不应该凭借这种解决过程本身避开难题中的任何一项。孤立的一个根据对我来讲就是荒谬。问题是要了解如何得以脱离荒谬，并且要了解自杀是否是从荒谬推论而来的。归根结底，我的探索首要的和唯一的条件，就是要保留这个挤压我的东西，就是要重视我以为在它中间是重要的那些因素。我刚才已把这定义为一种较量，一场无休止的斗争。

若把这种荒谬的逻辑深入到底，我应该承认，这种斗争设定了希望（与失望毫不相干的希望）的非在，设定了连续的否定（这里不应把它与放弃相混淆）与意识的不满足（不应把它混同于青春期的烦恼）。一切摧毁、取消或缩小这些要求的东西（首先是消除分离的协调）都会推翻荒谬，而且会使人们能够由此确定的立场失去价值。荒谬只有在人们不同意它的时候才有意义。

　　还有一个看来完全合乎情理的明显事实，那就是一个人永远是在已定现实的控制之下。一旦认识到这点，他就不能从中脱离出来。就要为之付出一些代价。一个已经觉悟到荒谬的人永远要和荒谬联系在一起。一个无所希望并意识到存在的人就不再属于未来了。这是合乎情理的。但他所以在情理之中，同样也是因为他努力想脱离这个他创造的世界。我们前面所说的一切只有在考虑到这个悖论的情况下才有意义。从这点上讲，现在来观察那些从对理性的批评出发而承认荒谬气氛的人们并用以扩展他们的研究成果的方法，那是再有意义不过的事情了。

　　然而，纵观各种存在哲学，我看到它们无一例外都号召我逃遁。在一个对人封闭而又有限的世界中，这些哲学通过独特的推理，从理论废墟出发，把那些挤压它们的东西奉若神明，并且在把它们抛弃的世界里找到了一种希望的理性。这种强制的希望就是一切宗教的本质。我们值得在此谈谈这种希望。

　　我这里只想举例分析舍斯托夫和克尔凯廓尔的一些特殊论题。不过，雅斯贝尔斯会为我们提供这一立场的典型例证，甚至会展现夸张讽刺。其他问题将会随之变得更加清楚。人们认为他并没有能力实现超越物，并不能深入探寻经验，也没有意识到这个由于失败而变得动荡不安的世界。他是否会推进或至少从这失败中获取教益呢？他并没有得出任何新的东西。他在经验中只是得到对自己的无能的证明，而得不出任何借口推论出令人满意的原则。然而，在没有任何证明的情况下，他就自己确定了这种原则，他一下子同时肯定了超越物、经验的存在和生命的超人意义。他说："失败在任何解释与可能的说明之外并没有指出虚无，而是指出了超越的存在"。这种通过人类信仰的盲目活动突然产生的存在可解释一切，雅斯贝尔斯把它定义为"一般与特殊之间的不可思议的统一。"于是，荒谬就变成上帝（从这个词的广义上说），而这种对理解的无能为力就变成照亮一切的存在。没有任何东西可使这种推理合乎逻辑。我可以把它称作一种冒险（le saut）。而奇怪的是，人们懂得，雅斯贝尔斯坚持要认为超越者的经验是不可能实现的无限耐心。因为，这种类比越不可捉摸，那这种定义就越徒劳无益，而超越者对他来讲就越真实，因为他用于肯定的热情恰恰就是和他的解释能力与世界、经验的非理性之间的距离远近成正比。这样看来，雅斯贝尔斯要摧毁理性偏见的热情因为他要用更彻底的方式来解释世界而变得更加强烈。这位鼓吹受辱思想的传教士希求在受尽凌辱之后能够使存在再生。

上述先哲使我们熟悉起神秘的思想。他们的思想与任何一种思想立场一样都是合乎情理的。但是，现在，我的行动要说明我是严肃地对待某个问题的。在这里，我对这种立场的普遍价值，对它教益的能力完全没有任何偏见，我只是要观察一下，这种立场是否与我所处的环境相适合，是否与我关切的争议相称。于是，我想再谈谈舍斯托夫。他的一位注释者曾引用过他的一段极有意义的话："确切地讲，真正的出路只有一个，那就是世人眼光看不到的出路。若非如此，我们何以还需要上帝呢？只有在要求得到不可能得到的东西的时候，人们才转向上帝。至于可能得到的东西，人们对之业已满足。"如果确实存在舍斯托夫哲学的话，我完全可以说，这段话就可概括它的全部内容。因为舍斯托夫在进行了一系列引人入胜的分析之后，揭示了任何存在都具有的荒谬性。他并没有说："这就是荒谬。"而是说："这就是上帝：我们应该信赖他，即使他并不符合我们的任何理性范畴。"为了使他的思想不致引起混乱，这位俄国哲学家甚至暗示说，这个上帝可能是充满仇恨的而且是令人憎恶的，他是难于理解的又是矛盾的，然而，一旦他表现出最丑恶的面目，他就拥有至高无上的权力。舍斯托夫的伟大之处就在于这种不合逻辑的特点。他论证的正是上帝的非人性。应该飞跃到上帝那里去，并且凭借这种飞跃摆脱诸种理性的幻想。这样，在舍斯托夫看来，承认荒谬的同时本身就意味着荒谬。评论荒谬，就是承认荒谬。而且从逻辑上讲，舍斯托夫的整个思想都致力于揭示这种荒谬并使荒谬引发的无限希望同时迸发出来。我要再重复一遍：这种态度是合乎情理的。我在这里坚持要对某种问题及其全部结果进行单独考察。我并没有考察一种思想或一种信仰活动的悲怆情调，我还有一生的时光去考察它。我知道，舍斯托夫的立场激怒了唯理主义者。我还是感到舍斯托夫反对理性主义是有道理的，但我只是想知道他是否始终忠实地服从荒谬的指挥。

然而，如果认为荒谬是希望的反面，那人们就会看到，对舍斯托夫来讲，存在的思想预先设定了荒谬，但只是为了消除它才揭露它的。舍斯托夫思想的这种微妙之处就是运用了悲怆的手法。当舍斯托夫把荒谬与通常的道德和理性对立起来的时候，就把荒谬称作真理和救世主。因此从根本上讲，在这荒谬的定义中，包含有舍斯托夫的赞许。如果承认这个概念的全部权力都寓于它用以冲击我们最原始的希望的方法之中，如果人们感到荒谬为了维持下去而要人们不要同意它的话，人们就会清楚地看到它已经失去自己的真实面目，失去其人道的和相对的特性，为的是进入一个既是不可理解的又是令人满意的永恒之中。如果说存在着荒谬的话，那它就是在人的世界中。一旦荒谬的概念改变成为通向永恒的跳板，这个概念就不再与人类的明晰性相关联。只有在人们不赞同它而评价它的时候才具有这种明晰性。于是斗争就被回避了。人与荒谬融合为一，而且在这种结合中，人使得荒谬和对立、分裂和离异的特性消失殆尽。这种飞跃是一种逃避。舍斯托夫特别乐于引用哈姆雷特的话："时间是混乱的，"他是怀着一种完全特殊的狂热希望说这句话的。因为哈姆雷特并不是这样用这句话，莎士比亚也不是这样用这句话的。非理性的陶醉和入迷使光明的精神离开荒谬。舍斯托夫认为，理性是无用的，但存在某种超出理性之外的东西。

这种飞跃至少能够更加清楚地表明荒谬的真实性质。我们知道，荒谬只有在一种平衡之中才有价值，它首先是在比较过程之中产生，而不是产生于这比较过程的各项之中。而舍斯托夫恰恰是把重点偏向其中的一项并且打破了平衡。我们对理解的渴望，对绝对的思念只有在我们能够理解和解释许多事情的范围内才是可以解释的。绝对地否认理性是徒劳无益的。理性有其范畴，它在其范畴内是有效的。这就是人类的经验。这也就是我们为什么要弄清楚一切的原因。如果我们弄不清楚，如果荒谬在这时产生了，那就恰恰是碰到了这种有效而又有限的理性，碰到永远产生着的非理性。然而，当舍斯托夫愤怒抨击黑格尔"太阳系是按照永恒的规律运转的，而且这些规律就是太阳系的理性"的主张时，当他狂热地冲击斯宾诺莎的理性主义的时候，他恰恰得出了"理性是虚伪的"结论。通过一个自然而合乎情理的转折，他就由这个结论出发肯定了非理性的优先地位。[①] 然而这个过程并不十分清楚。因为在此，限制和规范的概念可能参与进来。自然的种种规律能够成为有价值的直至能到达某一界限，超过这界限，它们就会转过来反对自己以使荒谬得以产生。或者，这些规律还可能在描述的范围内使自己合乎情理，而并不因此在解释的范围

---

① 有关特例的概念，是反对亚里士多德的。——原注

内成为真实的。在此，一切都奉献于非理性，而由于回避了对明晰性的要求，荒谬就随着比较之中一项的消亡而消亡。与此相反，荒谬的人并不进行这种更新。他承认斗争，并不绝对地轻视理性，并且承认非理性。他的目光扫遍所有经验的根据，并不准备在知道之前就起跃。他仅知道，希望在这个专注的意识中已不复有希望的地位。

雷昂·舍斯托夫最为敏感的问题，在克尔凯廓尔的思想中可能就更为突出。当然，要概括克尔凯廓尔这样一个充满动乱不安思想的作家是很困难的。但是，纵然他的著作看起来充满矛盾，透过其中的隐语、文字游戏和玩笑，人们还是感到他的整个写作生涯都是作为对一种真理的预感（同时又是一种领会）而显现出来的，这种真理最终在他最后几部著作中迸发出来：克尔凯廓尔也超越了这种真理。基督主义的童年是饱受惊吓的，而最终竟趋向一种最严酷的面孔。克尔凯廓尔同样也认为，对立和悖论变成宗教的准则。这样就使得人们对这生活的意义及深度失望的准则现在又给予生活以真理与光明。基督主义是丑恶的，克尔凯廓尔一直要求得到的就是伊涅斯·德·罗约拉[①]所要求的牺牲，即上帝最乐意的牺牲："智力的牺牲"。[②] 这种飞跃的结果是古怪的，但已不应使我们惊奇了。它把荒谬变成为另一世界的标准，同时仅仅成为这个世界的经验的残余。克尔凯廓尔说："宗教信徒在其失败中获得了自己的成功。"

---

① 伊涅斯·德·罗约拉（Ignace de Loyola，1491—1556）：耶稣会创始人。——译注

② 读者可能会认为我在此忽视了信仰这个重要问题。但是我在此并不是要考察克尔凯廓尔或舍斯托夫或更近的胡塞尔的哲学（那需要另外的地方并要求另一种精神立场）。我只是想借用他们的题目，观察他们研究的成果是否能够与已经确定的规则相适合。这里仅仅涉及一种执拗的立场。——原注

我并不想问这种立场与何种激动人心的预言相关联。我只是想知道荒谬的场面与其固有特性是否能使这种立场合乎情理。我知道，这是不能够的。若重新观察荒谬的内容，人们就会对启迪克尔凯廓尔的方法有更深的理解。在世界的非理性与对荒谬的反叛的思念之间，克尔凯廓尔并没有保持住平衡。他并不重视严格说来使得人们体验到荒谬的关系。他肯定是不能摆脱非理性，但克尔凯廓尔至少能从这无望的思念中自我解救出来，他认为无望的思念是贫乏和无意义的。如果他的理论对以上观点的评论是有道理的话，那在其否定中就不可能是正确的。如果他反叛的喊声被狂热的信仰所代替，那他就会对那至此为止一直使他生光发亮的荒谬一无所知，而且导致他把他拥有的唯一信念——非理性——宗教化。加里亚尼①长老对埃比娜②夫人说过：重要的并不是赎罪，而是与原罪共存。赎罪，这是他渴望的，在他的日记里我们时时可以看到这种愿望。他的智慧的全部力量都在于逃避人类命运的矛盾。由于他突然发现命运的虚伪性，他的这种努力毫无成功的希望，比方说，当他谈到这种希望时，就犹如谈到对上帝的敬畏以及同情、怜悯都不能使他平静一样。因此，他通过一个苦思冥想出来的借口赋予非理性一种面貌，并且把荒谬的诸种属性给予他的上帝：不正确，不合逻辑并且不可理解。唯有他的智慧试图扼杀人心灵深处的欲求。因为没有任何东西被映证，而一切又都是可能被证明的。

正是克尔凯廓尔本人向我们揭示了他以后的道路。我并不想

---

① 加里亚尼（Galiani，F，1728—1787）：意大利长老，作家经济学家，外交家。——译注

② 埃比娜（Epinay，D，1726—1783）：法国女作家，与伏尔泰、卢梭等交往甚密。——译注

多谈下去。但是，我们在他的著作中，怎么能看不到灵魂面对荒谬的肢解而发出的自发肢解的信号呢？这也是《日记》中重复出现的主题。"促使我犯罪的是动物性，它同样也属于与人性有关的一部分……而因此请给我一个身体。"他进而说："噢！特别是在我青春萌动时代，为了成为人，我应付出多少代价啊！甚至付出六个月的生命……说到底，我欠缺的就是一个身体以及存在的各种肉体条件。"同是克尔凯廓尔，在另一部著作中却把那纵穿多少世纪并震撼那么多心灵——荒谬的人除外——的伟大呼喊看作是自己的呼喊。"但对基督徒来说，死亡完全不是一切的终结，它无限地引起比生活为我们包含的希望更多的希望，甚至充满着健康和活力。"凭借丑恶现象而造成的和解，仍然还是和解。我们看到，它能够从其对立物的死亡那里获得希望。但是，即便我们对这种状态抱有好感，也应该说，过度是什么也证明不了的。人们说，因为"这个"超过了人的尺度，于是它就应该是超人的。然而，这个"于是"是多余的。在这里并不存在合乎逻辑的信念，也没有经验的可能性。我所能说的一切就是：这实际上超出了我的尺度。如果我从那里没有得出否定，至少我不愿在难于理解的东西上面奠定任何东西。我要知道，我是否能够和我所知的并仅仅和我所知的东西一起生活。有人还对我说，知在此应该牺牲它的骄傲，理性应该屈居下位。但是，如果我承认理性的诸种局限，我并不因此否认它，而是承认它的权力是相对的。我只是要坚持一条中间的道路，在这条道路上，知能够始终保持清楚明白。如果这就是克尔凯廓尔的尊严所在，我则找不到什么充足的理由去否定它。克尔凯廓尔认为失望并不是一种事实，而是一种状态：罪孽的状态本身，没有任何东西比这种观点更为深刻的了。因为罪孽是远离上帝的。荒谬作为有意识的人的形而上学状态并不达于上帝。① 如果我偶然地犯了这样的大错：即认为荒谬就是没有上帝的罪孽，那这个概念也许会变得明确起来。

对于这种荒谬的状态，关键是要在其中生活。我知道荒谬是在什么上面建立起来的，这种精神和这个世界互相用力地支撑着对方，却不能互相包容。我要寻求的是这种状态下的生活规律，而人们向我提出的答案却忽视了它的基础，否认其中痛苦的对立的一项，并且要求我取消它。我要问我为了自己的命运而认识的命运会引出什么结果，我知道这种命运引出了含混暧昧和无知，而且人们向我肯定说这种无知可解释一切，这茫茫黑夜就是我的光明。但是在此，人们并没有回答我的欲求，而且这激动人心的诗意语言并不能向我掩盖它的怪诞。因而我们还须回顾前述。克尔凯郭尔可能会厉声警告说："如果人对永恒没有意识，如果在一切事物的深处只有野性沸腾的强力主宰，只有它在昏暗不清的激情漩涡内制造着伟大或无价值的事情，如果那毫无基础的、没有任何东西可以填充的空无躲藏于事物的暗处，那么，生活不是失望又会是什么呢？"这警告中没有什么可以阻挡荒谬的人。寻找真实的东西并不是寻找可望的东西。如果要避免"那生活会是什么样的？"这令人头痛的问题，就须像驴子一样靠玫瑰花一样地幻想生活，而不是屈从于谎言。荒谬的精神喜欢毫不畏惧地接受克尔凯郭尔"绝望"的回答。一切都十分清楚，一个特定的灵魂总会想方设法解决这个问题的。

我所研究的自由是把哲学性的自杀称作为存在的立场。但这并不意味着一种判断，而是意味着要指出思想用以自我否定的一种便利方法，思想企图用这种方法在造成它自我否定的东西之中

---

① 并不是完全排除上帝，而是说还有待于确定。——原注

超越自己。在那些存在哲学家看来，否定堪称他们的上帝。而这个上帝恰恰是通过对人类理性的否定而维持其存在的。[①] 但是，就像在自杀者们那里的情况一样，诸神是随人而变的。可以有许多方法去飞跃，但最重要的是去飞跃。这些救世的否定，这些最终否定人们尚未跃过的障碍的矛盾完全可能由于某种宗教启示和理性指令而产生（这是与我的推理相对立的观点）。这些否定与矛盾总是追求永恒，也仅仅是为此它们进行飞跃。

还应指出，本书的推理部分全然不涉及在我们这光辉世纪中最为普遍的唯理主义立场：这种立场是建立在一切都是有道理的原则基础上的，它意欲解释这个世界。当人们认为世界应该是清晰明白时，这种立场自然会确定一种明确的观点，甚至可能是合乎情理的，但它与我们现在进行的推理毫不相干。我们的推论旨在揭示当精神从那种认为世界无意义的哲学出发，最终能找到一种意义与深度时所采取的步骤。最悲惨的就是诸种步骤中的宗教本质，这种本质是在非理性的主题中表现出来的。但是，最独特而又最富有意义的步骤是赋予它在最初毫无主导原则指引而想象出来的世界以种种意义的步骤。如果人们对怀念精神的这种新的涵义没有确定一种观念的话，就无论如何不能取得令人感兴趣的结果。

我只是要考察由于胡塞尔和现象学家们而变得时髦的"意向性"问题。这个意向性引起重视，是值得人们深思的。胡塞尔的方法从一开始就否定了理性的传统步骤。我们要重申：思维，它绝不是要统一、熟悉在伟大原则的原貌下的显象。思维就是重新

---

① 我再次申明：这并不是肯定上帝的存在是合理的，这里的结论只是逻辑推理所致。——原注

学习看，指挥自己的意识，把每个图像变成一个享有特权的领地。换句话说，现象学拒绝解释世界，它只是要对实际经验进行描述。这种描述肯定荒谬的思想是有创造力的，而这种肯定并没有实在性，而仅仅有一些事实。从这夜晚的徐风直到放在我的肩上的这只手，每件东西都有其实在性。正是意识通过它对实在性的关注而照亮了这种实在性。意识并不制造它的认识对象，它只是注视，它关注某一事物的活动，为的是重新获取柏格森式的图像，就像一架一下子确定一个图像的电影摄影机。不同的是，意识中并没有电影那样的情节，而只是有连续不断而互不连贯的图像。在这个神灯里，所有的图像都是享有特权的。意识把它关注的对象悬置于经验之中。通过它神奇的手段，把这些对象分别孤立起来。从此，这些对象就脱离了一切判断。正是这种"意向性"确定了意识的特性。但是这个词并不包含任何决定论的意思，它只是被限定于"方向"的意义之中：它只具有位置的意义。

乍看起来，似乎没有什么东西反对荒谬的精神。思想的这种表面谦虚仅限于描述它拒绝解释的东西，这种唯意志流派致使大量丰富经验奇怪地聚集在一起，世界就在漫长的经验聚集过程中获得新生，这就是荒谬的推理步骤，至少最初看来是这样的。因为在这种情况下，思想方法也和在别处一样具有两种形态：一种是心理学的，另一种是形而上学的。[①] 因此，这些方法包含着两种真理。如果意向性的题目只是要阐述一种心理的立场，这种立场是要穷尽而不是解释实在的话，那么任何东西都不能把这意向

---

① 即使是最严格的认识论也设定了形而上学的方法。正是在这点上讲，当代很大一部分思想家的形而上学就在于只拥有一种认识论。——原注

性与荒谬的精神分离开来。意向性的题目旨在列数它所不能超越的东西。它仅仅肯定在没有任何统一原则的情况下，思想还能够获得描述和理解存在的每种面貌的快乐。与这每种面貌都有关的真理是属于心理范围的。它只是证明了实在能够表现的"意义"。这是一种唤醒一个麻木世界并且使之恢复精神活力的方法。但是，如果人们要扩展并理性地奠定这种真理的概念，如果人们因此要发现每个认识对象的本质的话，人们就会恢复经验的深刻性。这种在意向立场上谦虚与自信的对衡以及现象学思想的光彩，比其他理论更清楚地说明了荒谬的推理。

这是因为胡塞尔也谈到过意向性揭示的被人视作柏拉图式的"超时间的本质"。人们不是通过仅有的一件事而是用所有的事解释一切。我并没有看出其中的不同之处。诚然，这些观点或本质是意识在每次描述之后"实行"的，人们并不要求它们成为完美的样板。但是，我们认为，它们在知觉的每个根据中都是直接表现出来的。单独一种观点不再能解释一切，但却存在一种无限的本质，正是它给予诸对象的无限性以意义。世界停止不动，但却被照耀着。柏拉图的实在论变得有了直观意义，但它仍是实在论。克尔凯廓尔沉溺于他的上帝，巴门尼德把思想抛入"一"中。不过，这里的思想投身到一种抽象的多神论中。或毋宁说，幻觉和虚构同样也属于"超时间的本质"。在观念的新世界中，光怪陆离的范畴是与比较素朴的正宗教义协调合作的。

在荒谬的人看来，认为人的一切面貌都可享有特权的纯心理观点包含一种真理，同时也包含一种痛苦。一切都应享有特权，应该反过来说一切都是平衡的。但是，这个真理的形而上学的一面使他走出很远，以致他由于一种原始的反应而可能感到自己更接近柏拉图。人们的确告诉他，任何想象的图像都设定一种同样享有特权的本质。在这个没有等级的世界里，正式的军队只是由将军组成的。超越性就可能已经消除了。但是，思想突如其来的转折又把一种不完全的内在性引入世界，这种内在性确定了世界在宇宙中的深度。

我是否应该避免把这个被其创造者们精心使用的题目扯得太远？我仅仅读过胡塞尔表面看来很奇特的那些断言。但在这以前，他还说："真实的东西是绝对真实的，是自在的，无论认识真理的存在是人、魔鬼、天使还是神，真理都是同一的，是与自身相一致的。"如果这话是对的，人们就会感到他的断言是充满严格逻辑性的。理性由于这句话获得胜利，并且大大发扬，对此我不能否认。这样的肯定在荒谬的世界中能够意味着什么呢？一位天使或一位神的感知对我来讲毫无意义。这神的理性在其中允许我的理性存在的几何学般精确的场所于我永远是难以理解的。我还是在那里发现一种飞跃，这飞跃为能在抽象中完成，在我看来，并非不意味着忘记恰恰是我不愿忘记的事情。胡塞尔则走得更远，他大声疾呼："如果一切承受磁力的原子群的质量都消失了，那磁力规律也并不因此而被摧毁，只不过是没有可能实行罢了。"我知道我面临着一种安慰的形而上学。如果我要发现思想脱离清晰道路的转折，我就只有重读胡塞尔有关精神的推理："如果我们能够清楚地思考心理过程的严格规律，它们就会表现为永恒的而且是不变的，就像自然理论科学的基本规律一样。因此，即使不存在任何心理过程，它们也会是有价值的。"即使精神不存在，它的诸种规律也会存在！我于是根据心理学的真理理解到：胡塞尔是力图建立一种理性规则：在否定人的理性的不可缺少的权力之后，他又迂回地跃入永恒的理性之中。

胡塞尔的"生活界"的术语并不会使我们感到惊奇。对我说：一切本质都不是形式的，而是物质的；说最初的本质是逻辑学的对象，然后才是科学的对象，这些都只不过是定义的问题。人们要我相信，抽象指明的只不过是本身并不可靠的具体世界的一部分。但是，已经被揭示出来的摇摆状态已使我能够清楚地看到这些项的混乱。因为这可能要说明我们所关注的具体对象，这天空、这大衣下摆上的水渍的反光都各自保留着对实在的幻觉，而我的关注使这幻觉孤立存在于世界之中。但这也可能要说明，这大衣本身是无处不在的，它有其特殊与足够的本质，这本质是属于诸形式的世界的。我于是理解到：人们只是改变了过程的次序。这个世界在至高的宇宙中不再有其反映，而各种形式的天空是在许多对这大地的想象图像中表现出来的。这对我来讲是什么也没有改变。这绝不是对具体的偏好，也不是说我在此又找到了人类命运的意义，而是一种要把具体本身普遍化的相当自由放纵的理智主义。

人们可能会对这显然要把思想引至其固有否定的悖论感到惊奇：它与受屈辱的理性和无往而不胜的理性背道而驰。其实，大可不必为之惊讶。从胡塞尔的抽象的上帝到克尔凯廓尔光芒闪烁的上帝，其间的距离并不如此遥远。理性和非理性最后宣扬的是同一东西。事实上，选择什么道路并不重要，只需有要达到目的的意志就足够了。抽象的哲学和宗教的哲学是出自同样的混乱并且在同样的焦虑之中互相支持。但重要的是解释。在这里，怀念比科学的力量更为强大。我们时代的思想是认为世界并无意义的哲学中最深刻的一种思想，而且同时也是在这种哲学的诸种结论中最痛苦欲裂的一种结论。这种思想不断地在把实在分解为各种理性类型的实在的极端理性化和要把实在神化的极端非理性化之间摇摆不定。但是，这种分离只是表面的。关键在于要把它们调和起来，而在以上两种情况下，飞跃就足以完成这种调和。人们习惯认为，理性的概念只有唯一的意义，这是错误的。不论这种观念在其欲念中是多么强烈，它都并不因此比其他观念的变化要小。理性完全呈现出人的面貌，但它也能够转向神明。自从普罗提诺首先把理性与永恒的气氛互相调和以来，理性就学会以偏转他的种种原则中最珍贵的原则即矛盾的原则，为的是把这种最奇特的原则与分担的原则神妙地融合起来。① 理性是思想的一种工具，而不是思想本身。一个人的思想首先是他的回忆。

同样，理性能够去平息普罗提诺式的忧郁，它提出了一种方法，这种方法可以缓和在永恒而又熟悉的装饰背景下的现代焦虑。荒谬的精神则较少这种机遇。在荒谬的精神看来，世界既不是如此富于理性，也不是如此富于非理性。它是毫无理由的，但这并不是问题的全部。胡塞尔的理性最终成为没有界限的理性。而相反，荒谬则确定了理性的种种局限，因为理性不能平息焦虑。克尔凯郭尔从另一角度确认，只要有一种局限就足以否认理性。但荒谬并没有走得那么远。在荒谬看来，这种局限针对的仅仅是理性的种种野心。非理性的主题就像存在理论所设想的那样，是在自我否定过程变得混乱而后又解脱出来的理性。荒谬，其实就是指出理性种种局限的清醒的理性。

正是经过了这艰难的过程，荒谬的人认识到他的真正理性。

----

① A. 在那时，理性或者适应当时时代，或者死亡。它于是适应了时代。由于普罗提诺，理性从逻辑学变为美学。隐喻取代了三段式。B. 此外，这并不是普罗提诺对于现象学的惟一贡献。这种立场已经包含在亚历山大派思想家的思想之中。在这亚历山大思想家们十分重视的观念中，不仅仅有人的观念，而且还包含有苏格拉底的思想。——原注

在对他自己深刻的欲求和人们向他要求的东西加以比较的过程中，他突然感觉到他应该改变方向。在胡塞尔的领域中，世界净化了，而在人的心灵深处经常保持的渴求变得毫无用处。在克尔凯廓尔的启示录中，如果要求得到清晰的欲望要得到满足的话，它就应当舍弃一切。犯罪是要求知，而不是知（从这点讲，每个人都是无辜的）。正是唯有荒谬的人能感觉到的罪孽同时说明了他的罪恶和无辜。人们请求结束这一切，使过去的矛盾变成为争论的游戏。但是，荒谬的人并不是这样来体验这些矛盾的。应该保留那些并没有得到满足的事实。他并不希求预言。

我忠实于唤起我的推论的明证性。这种明证性本身就是荒谬。它就是欲求的精神和令人失望的世界之间的分离，就是我统一的意念、这四分五裂的宇宙和束缚它们的矛盾之间的分离。克尔凯廓尔取消了我的回忆，而胡塞尔重新集合起这个领域。这并不是我所期待的。关键在于活着，在于带着这些破裂思考，在于去搞清楚是应该接受还是应该拒绝。完全没有必要掩盖明证性，也没有必要消除荒谬并否认其方程式中的任何一项。必须弄明白人们是否能够因此生活，也须知道逻辑是否强制人们因之死亡。我对哲学性的自杀并不感兴趣，但对于突如其来的自杀颇感兴趣。我只不过是要用其情感的内容净化它，并且了解它的逻辑与真诚。这是完全不同的一种立场，它为荒谬精神设定了在精神所阐明的东西面前的回避与后退。胡塞尔说应屈从于一种要逃避"在某种业已被承认的、舒适的存在条件下生活与思考的根深蒂固的习惯"的欲望。但是，我们最后的飞跃在胡塞尔那里成了永恒及安适。飞跃并不像克尔凯廓尔所说的那样呈现出一种极端的危险。相反，潦倒失落是发生在先于飞跃的某一短暂时刻。知道

在这令人头晕目眩的钢丝上坚持，这就是诚实，其余的态度都是
遁词。但是，如果无能为力的态度在历史的不同面貌中占有其位
置的话，那历史就不会在人们现在已知其要求的推理中找到这种
无能为力的感情。

# 荒谬的自由

现在，我们最重要部分已论述完毕。我坚持我不能放弃的几点明显事实。最重要的是我所知道的、千真万确的东西，即我不能否认、不能抛弃的东西。而除了对统一的欲求，对解决问题的渴望以及对于光明和协调的要求之外，我能够完全否定我依靠变幻不定的回忆而生活的这一部分。我能够否认自己在周围的世界中碰壁，或否认自己置身其中，但唯其不能对抗这种混乱，这不期而遇的国王和这来自杂乱无章状态的神灵的平衡。我不知道这个世界是否具有超越这些的意义。但我知道我并不认识这种意义，而且知道，现在认识这种意义是不可能的。我命运之外的意义对我来说意味着什么呢？我只能用人的术语来理解它。我触摸到的，反抗我的东西，就是我理解的东西。我渴望绝对与统一，世界不可能归结为一种理性和合乎常理的原则，这两件事是确定无疑的。我还知道，我不可能把这二者调和起来。如若不欺骗，不引入一种我并不拥有而且在我的命运的限制下毫无意义的希望，我还能承认什么别的真理呢？

如果我是许多树中的一棵树，是群兽中的一只猫，那这种生活可能就具有一种意义，或者毋宁说，这个问题并没有意义，因为我可能是这个世界的一部分。我可能会成为这个世界，这个世界是我现在正用我的全部意识和我对无拘无束的生活的要求与之对抗的世界。正是这种微不足道的理由使我与全部的创造力对立起来。我不能把它一笔抹杀。我真正相信的事情，我就应该维护它。那些对我清楚明晰显现出来的东西，即便是反对我的，我也应该支持它。那么，什么是造成这动乱、这世界与我的精神——或者说我对世界的意识——之间的分裂的基础呢？如果我因此要维持这基础，那我凭借的就是一种经常不断的、永远更新的、永远处于紧张状态的意识。这是我现在必须牢牢记住的。荒谬在这一时刻同时是那样清晰又是那样难以驯服，它回到一个人的生活中并又找到了自己的归宿。还是在这一时刻，精神可以离开清醒头脑支配下所开辟的荒凉而又无情的道路。这条道路通向日常生活。荒谬又回到无人称的"人"的世界，而人从此就带着他的反抗和清醒意识回到世界中来。他忘记了要去希望。这个名为"现在"的地狱终于成为人的王国。一切问题又都变得尖锐起来。抽象的明证性在形式和颜色的诗情画意面前退却了。精神的冲突肉身化了，并且在人的内心中找到了既狭小而又安全的藏身之处。没有任何一种冲突是绝对永恒的。但是，所有冲突的面貌都被改变了。人们是要死亡、是要通过飞跃逃避，是要以自己的尺度重新建造思想和形式的殿堂吗？还是相反，要去支持荒谬的破裂着的而且是美妙的赌注呢？让我们对此进行最后的分析并且得出我们全部的结论来。身体，爱抚，创造，行动，人的高尚于是都将在这毫无意义的世界里重新获得它们的地位。人在世界上终于找到荒谬美酒和冷漠面包，并以此滋育自身的伟大。

　　我们还是要继续讨论方法的问题：关键是要坚持。荒谬的人在其行程的某一点上被煽动起来。历史并不缺乏宗教、预言、甚至也不缺乏诸神。人们要求荒谬的人飞跃。但他所能回答的是：他并不十分理解"这些并不是清晰的"这一事实。而他恰恰只要做他非常明白的事情。人们向他确认：这就是傲慢产生的罪孽。而他并不同意罪孽的概念；人们还确认地狱可能已到尽头，可是他们缺乏足够的想象以表现这奇特的未来，人们还向他保证他将失去他的并非永存的生命。但在荒谬的人看来，这些无关紧要。人们要让他认识他的罪恶。而他却觉得自己是无辜的。真正说来，他感到的只是他无可挽回的无辜。正是这无辜允许他做任何事情。这样，他只是要求自己以他所知道的东西去生活，去安排存在着的东西而决不引入任何并不确切的东西。人们会反驳他说：任何事情都不会是这样的。但这至少是一种信念。他正是凭借这种信念去抗争：他要知道在毫无希望的条件下生活是否可能。

　　我现在可以开始谈论自杀的概念了。我们已经感觉到这会导引出什么样的结果来。问题在这点上被颠倒了。我们前面的问题是要知道生活若要有价值是否应该具有某种意义。而现在，似乎正相反，生活若没有意义，则更值得人们去经历它。经历一种经验，一种命运，其实就是全然接受它。然而，如果人们并不想方设法在自我面前维持这种被意识揭示的荒谬，那在知道命运是荒谬的之后就不会经历这命运。否认他所经历的对立中的任何一项，就是逃避这种对立。取消意识的反抗，就是回避问题。永恒变革的主题于是就设想自己是置身于个人的经验之中。生活着，就是使荒谬生活着。而要使荒谬生活，首先就要正视它。和欧律狄克①相反，荒谬只有在人们离开它时才会死亡。因而，有数的几种结构严密的哲学立场之一，就是反抗。反抗是人与其固有暧昧性之间连续不断的较量。它是对一种不可能实现的透明性的追求。它每时每刻都要对世界发出疑问。危险如何为人提供了把握反抗的无可替代的良机，形而上学的反抗就如何在体验的过程中扩展了意识的范围。反抗就是人不断面对自我在场。它不是向往，而是无希望地存在着。这种反抗实际上不过是确信沉重的命运，而不是与命运相随的屈从。

这里，人们可以知道：荒谬的经验在哪一点上远离了自杀。人们可能会认为，自杀是在反抗之后发生的。这种看法是错误的。因为自杀并不体现反抗的逻辑结果。由于自杀采取的是默许的态度，它就恰恰是反抗的反面。自杀与飞跃一样，都是在其极限上认可。一切都告结束，人又会回到初始的历史中去。人终于认清他的未来，他唯一而又可怕的未来，并且向着这个未来急奔而去。自杀以其固有的方式消解荒谬。它把荒谬带进同一死亡之中。但是，我知道，荒谬为了自我维持是不能被消解的。在人意识到、同时又拒绝死亡的时候，他逃避了自杀。在死刑犯临刑的最后时刻，荒谬就是人在近乎晕眩瘫软的时刻竟然不顾一切地想到离他几米的地方有一根鞋带。自杀的反面就正是被判处死刑。

这种反抗赋予生命以价值。它贯穿一种生存的整个过程，是它决定了存在的价值程度。一位独具慧眼的人②认为，最壮丽的场景莫过于智慧与那要超越他的现实之间的搏斗。人维护自尊的场面是惊心动魄的。任何诋毁对之都无济于事。这种精神为己自

---

① 欧律狄克（Eurydice）：希腊神话中俄狄浦斯的妻子。——译注
② 指塞涅卡（Sénèque，约前4～公元65），罗马哲学家，政治家，作家。——译注

定的纪律，这种彻头彻尾人造出来的意志、这种对立，都具有某种强力和特殊性。若贬低这个人用以确定其价值的事实，就是贬低人本身。我因此认识到：向我解释一切的那些理论为什么会同时促我衰亡。它们卸去压在我自己生命之上的重负，而我却应该单独承担它。在这个转折点，我只能认为：一种怀疑论的形而上学将与一种弃绝的道德相合流。

意识和反抗这两种否定是与弃绝的态度相悖而行的。与人的生命相反，人的心灵中存在的所有不可还原的和富于情感的因素都会使意识和反抗激昂亢奋。问题是还有不可抗拒和并非心甘情愿的死。自杀是一种轻视自己的态度。荒谬的人只能穷尽一切，并且自我穷尽。荒谬则是他最极端的紧张状态，他坚持不懈地用个人的力量维持这种紧张状态，因为他知道，他以这日复一日的意识和反抗证实了他唯一的真理——较量。这是我们最初的结论。

如果我坚持这种旨在得到一种公开概念所引出的种种结果（只是结果）的协调立场的话，我就会遇到第二个悖论。为了始终忠实于这种方法，我全然没有涉及形而上学的自由问题。人是否是自由的，这个问题我并不感兴趣。我只能够体验我自己的自由。我不可能得到有关自由的一般概念，但却能做一些明确的概述。"自在的自由"的问题是没有意义的。因为它完全是以另一种方式与上帝的问题相关联的。要知道人是否是自由的就要求人们要知道人是否能拥有一个主宰。这个问题特有的荒谬性是由于这样一个事实：即自由的概念中含有某种因素，它使自由的问题成为可能但又同时取消了这个问题的全部意义。因为在上帝面前，只有罪孽的问题，而不是自由的问题。人们必须做出抉择：

或者我们不是自由的，全能至上的上帝要负罪责；或者我们是自由的并负有责任，而上帝不是全能至上的。无论各种流派施用多么精妙的方法，都不可能补充或贬低这个无可辩驳的理论。

因此，我不能陷入一种概念的狂热或简单的定义之中，因为这种概念在它脱离我的个人经验范围之时起就脱离了我并且失去了它的意义。我不明白，什么东西能够成为一种由至高的存在给出的自由。因为我已失去了对等级的感知。我从自由中只能获得囚犯以及在国家内部的现代人的观念。我所能了解的唯一自由，就是精神的和行动的自由。然而，如果荒谬摧毁了我得到永久自由的一切机会，它则反过来归还并向我赞美我的行动自由。这种对希望与未来的剥夺意味着人更加具有随意支配行动的自由。

在与荒谬相遇之前，芸芸众生是为着某些目的而活着，他们关心的是未来和证明（证明谁或证明什么都无关紧要）。他们掂量着自己的机遇，他们把希望寄托于自己将来的生活，将来退休的生活以及他们后代的工作。他们还相信，在他们的生活中会有某些顺利的事情。确实，他们就如同他们是自由的那样行动着，即使所有的行动都是与这个自由背道而驰的。而在（意识到）荒谬之后，一切都被动摇了。"我所是"的这个观念，我把一切都看作有某种意义的行动方式（即使我有时可能说实际上一切都没有意义），这一切都被一种可能的死亡的荒谬感以一种幻想的方式揭露无遗。顾忌明天，确定目标，有所偏好，这些都预先假定了对自由的信仰，即使人们有时确认并没有体验到这种自由。但在此时，我清楚地知道，这种唯一能够建立真理的存在的自由是没有的。死亡犹如唯一的真理在那里存在。在它之后，一切则成定局。我同样也不是自由地延续我的生活，我是奴隶，尤其可以说是对永恒变革丧失希望而且丧失蔑视的勇气的奴隶。在没有变革和蔑视的情况下，谁能够始终是奴隶呢？从完整的意义上讲，失去了对永恒的确信，什么样的自由能够存在呢？

而同时，荒谬的人明白，他至此是与这个自由的假设紧密相关的，这种自由是建立在他赖以生活的幻想之上的。在某种意义上讲，这成了他的障碍。在他想象他生活的一种目的的时候，他就适应了对一种要达到目的的种种要求，并变成了他自身自由的奴隶。我除了以我准备成为的一家之长（或者以工程师、人民的导师或邮政部门的编外雇员的身份）的身份行动，别无他哉。我相信，我能选择成为这个而不是什么别的。我是下意识地相信，的确如此。但我同时支持我周围的那些人对信仰的公设，支持我所在的人类环境（其他的人是如此确信他们是自由的，而这种欢愉情绪又如此具有感染力）的种种偏见。如果人们远不能忍受一切精神的和社会的偏见，那他们就部分地屈从于这些偏见，甚至只屈从其中最好的那些（有好的与坏的偏见），他们让自己的生活适应这些偏见。这样，荒谬的人理解到，他并不真正是自由的。明确地讲，当我希望的时候，当我为我特有的事实，为存在或创造的方式担忧的时候，当我最终把我的生活安排就绪并且由此证明我认识到我的生活是有某种意义的时候，我就为自己竖起了束缚自己的栅栏。我像无数风趣而又颇有心计、并让我反感的官员一样行事。我现在很清楚，他们除了对人的自由严阵以待，不做任何其他事情。

荒谬在这一点上使我豁然开朗：不存在什么明天。从此，这就成为我的自由的深刻原因。我在此要举两个例子。神秘论者首先找到一种自我给定的自由。他们沉醉于他们的上帝，拥戴上帝的旨意，而又因此反过来秘密地成为自由的。正是在自发地心甘情愿忍受的奴役中他们又获得了彻底的独立。但是，这样的自由意味着什么呢？人们尤其可以说他们是针对自己而感到是自由的，却不比被解放出来更加自由。同样，荒谬的人完全面对死亡（这里的死亡是作为最清醒的荒谬感而提出的），他感到，他挣脱了那在他自身中凝聚着的、而且并不是这种热切的关注的东西。他品尝到了一种与公共法则针锋相对的自由。我们在此看到：存在哲学的基本论题保持着它们全部的价值。回溯于意识，脱离日常的迷离混沌，这些都表现了荒谬的自由的最初步骤。存在的说教成为众矢之的，而且精神的飞跃与存在的说教最终都逃避了意识。我们用同样的方法（这是我要进行的第二个比较）可推出：古代的奴隶们是身不由己。但是他们明白这种自由，这种自由并不感到自己负有责任。① 死亡具有专制镇压的手段，但也有解救的手段。

　　荒谬的人沉溺于这种没有根基的立场，为的是避免情人般的盲目以发展并且遍及由于这种立场使他感到十分陌生的、而又是他固有的生活，这里就有一种解放的原则。这种独立和一切行动的自由一样已临至尽头。它并没有支付永恒的支票。但是，它取代对自由的种种幻想，这些幻想最后毫无例外地停栖在死亡之上。死刑犯所支配的神奇的自由是站在那透过一线曙光的监狱大门之前，这种原则对一切都是难以想象地公正，除去对生命的纯粹火焰。人们可清楚地感觉到，死亡和荒谬在此是唯一合理的自由原则：这就是人的心灵能够体验和经历的自由。这就是我得出的第二个结论。荒谬的人于是隐约看见一个燃烧的而又冰冷的世界，透明而又有限的世界，在这个世界里，一切并不都是可能

---

　　① 这里有一种事实的比较，而不是对人类的赞扬。荒谬的人与调和的人是相对立的。——原注

的，但一切都是既定的，越过了它，就是崩溃与虚无。荒谬的人于是能够决定在这样一个世界中生活，并从中获取自己的力量，获取对希望的否定以及对一个毫无慰藉的生活的执著的证明。

但是，在这样一个世界里生活意味着什么呢？现在这只是意味着对将来的无动于衷，意味着要穷尽既定的一切的激情。对生命意义的笃信永远设定着价值的等级，设定着一种选择以及我们的倾向。而对于荒谬的笃信，按照我们的定义则恰恰相反。但这是值得我们研究的。

了解人是否能够义无反顾的生活，这就是我要探讨的全部问题。我并不希望超出这个问题的范围。我是否能与展现在我面前的生活面貌相凑合呢？然而，面对这特殊的忧虑，对荒谬的信仰又反过来通过数量取代了诸经验的质量。如果我确信这种生活只具有荒谬的面貌，如果我体验到它的全部平衡都系于在我的意识反抗与这反抗要与之斗争的暧昧之间的对立，如果我承认我的自由只就被限制的命运而言才有意义的话，那我就应该说，重要的并不是活得最好，而是活得最多。我并不要知道这生活是庸俗的还是令人厌恶的，是风雅的还是令人遗憾的。在此，对价值的种种判断只此一次地为了行为判断的利益而互相分离。我只能对我所能看见的东西做出结论，而丝毫不能遇见那些只是假设的东西。若说这样的生活是不诚实的话，那真正的诚实则会迫使我成为不诚实的。

生活得最多，从广义来说，这种生活准则毫无意义。应该明确说明这种准则。首先应指出，人们似乎并没有充分地挖掘数量这概念的意义。因为这个概念能够广泛地分析人的经验。一个人的道德与价值的等级只是因为数量与经验的多样性才有意义，而这些经验有可能是他积累的经验。然而，现代生活条件在大多数人身上强加上同样数量的经验并因此得出同样深刻的经验。诚然，还应仔细观察单个人身上自发而生的东西、即他身上"既定"的东西。但我不能由此作出判断。在此，我的准则又一次以直接明晰的事实来安排我。我于是看到，一种公共道德固有的特性不是寓于诸种原则的理想重要性之中——正是这些原则赋予这固有特性以生命力——而是寓于有可能进行分类的一种经验的准则之中。由于过分夸大物的作用，希腊人具有享乐的道德，犹如我们今天有一天要工作八小时的道德。但是许多人，特别是最贫困的人已经使我们预感到一种更加长久的经验改变了这价值的图表。他们使我们想象一种平庸的冒险者，这些冒险者单单凭借经验的数量就能打破一切纪录（我有意用了这个体育术语），并因此获得其特有的道德。[①] 不过，还是让我们离开浪漫主义的立场，仅仅询问对一个决心要进行生命赌博并且坚持严格观察什么是它笃信的赌博准则的人来说，这种立场能够意味着什么呢？

打破一切纪录，这首先并仅仅是要正视一个最经常可能出现的世界。那这又怎么能在没有矛盾、没有语言游戏的情况下进行呢？因为一方面，荒谬说一切经验都是无区别的，而另一方面，荒谬向着最大数量的经验推进。那么，怎么能不像前面提到的许多人那样，选择最有可能从人的物质条件出发提供给我们的生活方式，并由此引出在另一方面人们宣称要抛弃的价值等级呢？

但是，这还是荒谬的人和他矛盾的生活在教育我们。因为，若认为当经验的数量只取决于我们的时候，经验的数量就取决于

---

① 数量有时造成质量。如果我相信科学理论最新的阐述，任何物质都是由一些能源中枢构成。它们的数量不管大小都造成多少有些特殊的性质。十亿个离子和一个离子的区分不仅仅在于数量，而且还在于质量。这个理论很容易推用于人类经验。——原注

我们生活的环境，那是错误的。这里，我们应该简化一下问题。对于两个同样年龄的人来说，世界总是给予他们同样数量的经验。我们意识到这一点。感受到他的生活、他的反抗、他的自由，而且是尽可能地感受，这就是生活，而且是尽最大可能地生活。在清醒统治的地方，价值的等级就变成毫无用处的了。让我们说得再明了些。我们说，唯一的障碍，唯一"要战胜的欠缺"是由过早的死亡确定的。被感受到的世界在此只是通过与死亡这种经常的特例的对立而生活着的。正因如此，任何深邃的思想、任何情绪、任何激情、任何牺牲在荒谬的人看来（即使他希望）都不能使一个四十年之久的意识生活与一个贯穿六十年[1]的清晰性等同起来。疯狂和死亡是不可救药的。人并没选择。荒谬与它囊括的生命的递增因此并不取决于人的意志，而是取决于人的对立面——死亡。[2] 为了斟酌词句，我们可以说，这只关系到机遇的问题。应该懂得去迎合机遇。二十年的生命与二十年的经验不能互相替代。

由于希腊民族历史悠久，源远流长，希腊人认为早夭的人是得到诸神的厚爱。但这只是当人们要说服别人进入诸神的临时世界时才会是真实的，这其实就是失去了感受的欢乐，即失去了在这个大地上感受到的最纯真的欢乐。现在和现在的延续面对一个不断意识着的灵魂，这就是荒谬的人的理想状态。这并不是他的本性，而只是他推理的第三个结果。从一个非人的焦虑的意识出

---

① 同样的反思用于也是如此相异的概念即虚无的观念。它既不对现实增加什么，也不扰乱什么。在对虚无的心理经验中，正是对两千年中所遇到的东西的观察，使我们固有的虚无真正地获得其意义。在这其中的一种面貌下，虚无恰是从那些将不是我们生活的将来的生活之总和那里形成的。——原注

② 意志在此只是原动力，它意欲维持意识。它提供一种生活的纪律，这是应该注意的。——原注

发，对荒谬的沉思在其通途的最后回到了人类反抗的熊熊火焰之中。①

我就这样从荒谬中推导出三个结果：我的反抗、我的自由和我的激情。仅凭借意识的赌注，我就把那邀请我死亡的东西改变成为生活的规则——我拒绝自杀。我可能知道在这些日子里回响不绝的沉闷声音。而我只有一句话：这声音是必要的。当尼采说："显然，天上地下最重要的就是长久地忍受，并且是向着同一个方向：长此以往，就会导致在这个大地上的某些值得经历的东西，比方说道德，艺术，音乐，舞蹈，理性，精神等等，这就是某种改变着的东西，某种被精心加工过的、疯狂的或是富有神灵的东西。"他阐明了一种气势非凡的道德准则。但他还指出了荒谬的人的道路。屈从于烈火，这是最容易而同时又是最难于做到的。然而，人在与困难较量时进行一些自我判断是件好事。他能单独地做到这点的。

阿兰②说："所谓祈祷，就是黑夜在思想中降临"。"但是，精神应该与黑夜相遇。"神秘主义者和存在论者回答说。诚然，这个黑夜并不是在紧闭的眼睛之下并通过人的唯一意志而产生的黑夜——而是精神为了自身在其中隐匿而引发的昏暗而又封闭的黑夜。如果精神应该遇到一个黑夜，那毋宁说是始终清醒的失望的黑夜，是极度的黑夜，它是精神的前夜，而由此可能升起完整白

---

① 最重要的是要协调一致。在此，人们是从与世界的协调出发的。但是，东方思想告诉我们：人们可以在选择反对世界的同时致力于逻辑的努力。这是合理的，这还为本书提供了观点和限制。但是当对世界的否定同样严格地进行时，人们常常（某些吠檀多学派）导致相似的结果，比方说，一些作品的无所谓态度。让·格勒尼埃（Jean Grenier）在其重要的著作《选择》中用这种方法建立了一种真正的"无所谓的哲学"。——原注

② 阿兰（E. A. Alain，1868—1951），法国哲学家，评论家。——译注

昼的光明，这种光明用知的光线勾画出每一个物体。在这一等级上，平衡与热烈的领会相遇。甚至无需去判断存在的飞跃。它在人的诸种立场的百年宏伟画幅中重新获得了自己的地位。对观赏者来说，飞跃即使是有意识的，它也是荒谬的。当他自认解决了这个悖论的时候，他已完整地确立了这个飞跃。飞跃由于这样的身份是激动人心的，也正因此，一切又都各归其位而且荒谬在其灿烂光辉与多样性中重生再现。

但是，我们的讨论不应就此停止。我们很难满足于一种看问题的方法，也很难自我消除矛盾。而最微妙的可能就是精神的所有形式。这先决的因素仅止确立了思维的方法。而现在的问题是要生活。

# 唐璜主义

如果仅止爱就足够了，那事情就再简单不过了。人越爱，荒谬就越巩固。唐璜并不是由于缺少爱情才追逐一个又一个的女人。若把他看作为一个意欲猎取完整无缺爱情的光明幻影的代表，那才是滑稽之极。但恰是因为他通过同等的行为而且每次都是以这样的行为的全部去爱那些女人，他就应该重复这样的颂歌和深爱。因此，每个女人都希望给予他任何别人永远不曾给予过的东西。她们每一次都深深地被欺骗，而仅仅是使他能够感觉到对这种重复的需求。她们之中的一个高呼："总之，我把爱情奉献给你。"而唐璜惊奇地笑道："总之？不！而是又一次。"为什么为了深爱就必须爱的次数少呢？

唐璜是忧伤的吗？不，不是的。我于是要回忆一下他的风流逸事。唐璜的笑，他桀骜不驯的言行，他的跳跃以及对戏剧的酷爱，这些都是明亮和快乐的事情。每个健康的生灵都要不断繁衍，唐璜也不例外。而忧郁的人们又多了两个存在的理由：他们不知道，或者说他们还希望着。唐璜也知道，但他并不希望。他使人们想到这样一些人：这些忧郁的人们，他们不知道自己的局限而且永远不超越这些局限，在精神置身于其中的不稳定的空隙中，他们享受着主人式的妙不可言的安适。知道其诸种局限的智慧，就是天才的所在。直至肉体死亡临头，唐璜都不知何为忧郁。而从他一知道忧郁的时候起，他的笑声就爆发出来，这就使人们原谅了他的一切。在他要希望的时候，他曾是忧郁的。而今天，在这个女人的嘴唇上，他又尝到了独一无二的科学令人神魂飘荡的苦味。苦味？几乎可以说不是：这种必要的欠缺使他感受到了幸福。

如果我说唐璜是一个由宗教布道书培养出来的人，那是骗人的话。因为，唐璜认为，如果不是希望另一种生活，就不会再有任何虚浮的东西。既然，他用这来反对上天，那他就证明了上天的存在。对于消解于享乐的欲望的遗憾，这无能为力情感的共同领地与他毫不相干。它倒是与笃信上帝而投身魔鬼的浮士德十分相宜。至于唐璜，事情就简单得多。莫利那的骗子①每次在受到进地狱的威胁时总是回答："请给我的期限长些！"死亡之后到来的东西是毫无价值的。而对那些明白自己是活着的人来说，前面的日子还长着呢！浮士德要求获得这个世界上的全部财富：而这不幸的人只是伸出手来。这已经是在出卖自己的灵魂，而并不知道去享用它。而唐璜则相反，他支配着自己的欲望。如果他离开了一个女人，那并不绝对地是他对她没有欲望。一个美丽的女人总是可欲的。而是因为他要得到另一个女人，不，这并不是一回事。

唐璜对他的生活心满意足，再也没有比失去这种生活更糟糕

① 骗子是指莫利那的剧本《塞尔维亚的骗子》中的人物，骗子即唐璜。莫利那（Molina，1583—1648），西班牙戏剧家。在《塞尔维亚的骗子》（*El Burlador Sevilla*）中，第一次把唐璜的形象搬上舞台。——译注

的了。这个狂人是伟大的智者。但是，靠希望而生活的人们是与他的宇宙格格不入的，在这个宇宙中，善良让位于慷慨，温柔让位于男人们的沉默，协调共和让位于独胆孤勇。所有的人都会说："这是一个弱者，一个理想主义者或一个神人。"应该强忍下这些道貌岸然者的谩骂。

对于唐璜的语言和他用于所有女人的词句，人们已表示了足够的愤慨（或者可以说，这谦卑的笑声消减了人们对某些东西的欣赏态度）。不过，在那些寻求欢乐数量的人看来，唯独效果才是最重要的。诸种口令已经经受过了考验，还有什么必要使其复杂化呢？没有任何人——无论是男人还是女人——听从这些口令，但毋宁说是声音发出这些口令。它们是规则、协约和客气话。人们说着这些话，而之后，还有最重要的事要做。唐璜已早有准备。为什么他会提出一个道德问题？他并不是像米洛才剧中的玛纳拉①是因为要成为圣人而遭天罚。在他看来，地狱是人们诱发出来的东西。对于神灵的愤怒，他只有一种回答，那就是人的荣誉。他对长官说："我崇尚荣誉，我践守诺言，因为我是骑士。"但若把他看成为一个非理性主义者也同样是极其错误的。在这点上他和"所有的人"一样：他有评论好恶的道德标准。只有总是考虑到唐璜在世人眼里通常象征着什么，我们才能理解唐璜：一个普通的诱惑者，而且是男人诱惑女人的象征。他是一个普通的诱惑者。②除去这个区别外，他还是有意识的，也正是因此，他是荒谬的。一个变得清醒的诱惑者并不因而有什么改变。

---

① 玛纳拉是米洛才《米盖尔·玛纳拉》剧中的人物。米洛才再次把唐璜形象搬上舞台。米洛才（Milosz，1887—1939），法国诗人、作家。——译注

② 这是从完整的意义上并从他是有缺陷的意义上讲的。一种神圣的立场还包括着一些缺陷。——原注

诱惑是一种状态。只有在小说中人们才能改变状态或变得好一些。但人们可以说什么都没改变而同时又可以说一切都发生了改变。唐璜付诸行动的，是一种数量的伦理学，这与倾向于质量的圣人的伦理学背道而驰。不相信事物深刻的意义，这是荒谬的人特有的个性。他完全感受了这些热情或令人称羡的面貌，并且把它们储存起来并且燃烧它们。时间与他齐头并进。荒谬的人就是与时间须臾不可分的人。唐璜并不想"收集"这些女人。而是要穷尽无数的女人，并且与这些女人一起穷尽生活的机遇。收集，只是能够与其过去一起生活。而唐璜拒绝悔恨，他认为这是希望的另一种形式。他从来不知道要去看她们的肖像。

那他是否因此就是自私的呢？大概以他的方式是自私的。但在此还有要理解的问题。有一些人生来就是为着生活，而有些人生来就是为着去爱的。唐璜至少在口头上极愿意这样说。但这只是笼统的说法，他还能从中进行选择。因为，人们在此所说的爱情充满着对永恒的憧憬。所有的情感专家都告诉我们，只有包含对立的爱情才是永恒的爱情。几乎没有不包含有斗争的爱情。这种爱情只有在最后的矛盾即死亡中才能找到归宿。应该要么成为维特①，要么什么也不是。在此，可以说还有多种自杀的方法。其中之一就是全部地奉献，另外还有就是彻底放弃自己的个性。唐璜与其他人一样知道，这些说法是动人心弦的。而他却是寥寥可数的几个明白重要的事情并不在此的人之一。他还清楚地知道，那些为一种伟大的爱情而脱离自己全部生活的人可能会日益

① 维特（Werther）：德国著名诗人、文学家歌德小说《少年维特之烦恼》中的主人公。——译注

增多，但是肯定，可供他们爱情所选择的人则会日益减少。一位母亲，一个富于情感的女人，她们都十分需要有一颗冷酷的心，因为这颗心脱离了世界。一种单独的情感，单独的存在和单独的面孔，这一切都被吞噬了。震撼唐璜的是另一种爱情，这就是解放的力量。他与这种力量一起开创着世界的各种面貌，而他的呻吟则是因为他知道自己是要死的。唐璜选择成为没有价值的人。

对他来讲，问题在于要清楚明白地去看。只是参考了从书籍与传说中得知的看的方法，我们才把那把我们与某些存在联系起来的东西称作爱情。但是说到爱情，我知道的只是把我与这样的存在相连起来的欲望、爱抚与智慧的混合物。对另一个这样的存在来讲，又有另外的复合体。我没有权利在同一名下遍及所有这些经验。这样，这些经验就不必进行同样的动作。荒谬的人在此还繁衍着他所不能够统一起来的东西。于是他发现一种解救他的新的存在方式，至少可以说，这种存在方式同样解救了与他亲近的那些人。只有一种慷慨的爱情：那就是知道自己是短促而又同时是特殊的爱情。正是所有这一切的死亡与再生编织成为唐璜生命的花环。这就是唐璜所确定的而且要赋之以生命的方式。我让读者自己去判断这种方式是否是利己主义的。

我想到所有那些坚决认为唐璜应受惩罚的人。他们认为他不但应在来世受罚，而且应在今生就受到惩罚。我不禁想起有关暮年的唐璜的所有传说、神话和笑料。而唐璜依然如故。对一个有意识的人来说，衰老和衰老所预兆的东西没有什么可大惊小怪的。只因他并不掩盖衰老的恐怖，他才是真正有意识的。在雅典就有过一座为老人建造的神庙。人们还带孩子们去那里。唐璜认为，人们越笑话他，他的形象就越突出。因此他拒绝接受那些浪漫主义者为他塑造的形象。没有任何人嘲笑这个被折磨的可怜的唐璜的形象。人们可能会怜悯他，而上天会拯救他吗？但事情并非如此。在唐璜隐约看到的天地中，可笑的东西也是能被理解的。他会感到受惩罚是正常的事。这是赌博的规则。而正因他是慷慨大度的，他接受了赌博的全部规则。但他知道他是正确的，关键问题不在于惩罚。一种命运不是一种惩罚。

这就是他的罪恶，就像有人认为的那样，那些相信永恒的人们呼吁要对他施加惩罚。他已攀及一种没有幻想的科学，这种科学否认那些相信永恒的人所宣扬的一切。爱和占有，征服与穷尽，这就是他的认识方式。（在《圣经》里，认识这个词还包含有爱情行为的意义。）唐璜成为这些相信永恒的人们最可憎的敌人，因为他并不了解他们。一位轶事作家报道说真正的"骗子"是被天主教方济各会的修士们杀害的，这些修士们要结束的是"唐璜放荡不羁、亵渎宗教的生活，而'骗子'的生活保证唐璜能不受惩罚"。而随后，这些修士们宣称是上天把他劈死的。没有任何人目睹这奇怪的结局，也没有任何人能指出相反的结局。但是，我不想知道这些是否是真实的，而我能够说这是合乎逻辑的。我只是要在此坚持"生"这个术语并且在词语上做文章：正是活着才能保证他是无辜的。正是从孤独的死亡那里他获取了在现在成为传说的罪恶。

那么，这个冷酷的指挥官，这座业已动摇的、旨在惩罚那些竟敢思考的热血英勇之躯的冰冷雕像究竟意味着什么呢？永恒的理性和秩序，普遍道德标准的权力，喜怒无常的上帝的全部伟大，这些都可归结于这座偶像。这块硕大的、没有灵魂的石头仅仅象征着唐璜永远否定的那些权力。但是，主宰者的使命仅止于此。雷电能重现于人由之召唤这些权力的人造的天空。真正的悲剧是在这些权力之外发生的。不！唐璜绝不是死于一双石手之下。我情愿相信故弄玄虚的传说，相信那塑造了一个并不存在的上帝的圣人的失去理智的笑声。但是，我还特别相信，唐璜那天晚上在安娜家里等待，主宰并不曾来，而这亵渎神灵的人在过夜时应该感觉到那些正人君子们的可怕的痛苦。我还特别同意传说中对他在一座修道院里所度过的最后时光的描述。这并不是说，传说故事中与众不同的情节可以被当作真实的事情。他向上帝要求什么样的归宿呢？而这特别体现一种全部沉浸于荒谬之中的生活逻辑结果，体现了一种义无反顾拼命享乐的存在的疯狂结果。在此，享乐最终结束了苦行禁欲。应该明白，享乐和苦修很可能是一种结果的两种表现面貌。而更令人战栗的景象是：一个人的身体背叛了他自己，而他不能及时地死去，只有靠演戏来等待结束，面对这个他并不喜欢的上帝，他为这上帝服务，就像以往为生活服务一样，他跪倒在空无的面前，伸开双臂求助于一个他明知是空无的惨淡天空。

我看见，唐璜栖身于西班牙一座小山丘上的荒废修道院的一间净室中。如果他看到了什么，那绝不是流逝的爱情的幽灵，他可能透过血淋淋的残杀看到西班牙宁静的田野，美丽的土地，而没有看到他在其中自我认识的灵魂。是的，正是应该把眼光放在这幅忧郁而光彩的图画上面。最终的结果是意料之中的，但永远不是所期待的结果，这最后的结果是应该藐视的。

# 戏　剧

　　哈姆雷特说："演戏，那是一个陷阱，我在其中要捕捉住国王的意识。"捕捉这个词用得很妙。因为意识来去匆匆，瞬间即逝。应该在它起飞时就把握住它，即在难以确定的时候把握住它，意识在这个时刻把短暂的目光投向自身。庸人并不喜欢拖延时间。相反，他感到一切都很紧迫。但是与此同时，不再有什么能比他自身更使他感兴趣，特别是在他可能成为的那些东西中。由此，他产生了对戏剧的兴趣，对演戏的爱好，而戏剧向他展现了那么多的命运，他体味到了并未遭受命运苦痛的诗意。在此，人们至少认识了有意识的人，而有意识的人继续把自己逼近难以名状的希望。荒谬的人就是从希望结束的地方起步的。精神于是不再只是欣赏赌博，而是要身体力行。他要深入到各种生活之中，经历它们的多样性，也就是说要扮演它们。我并不说一般的演员都服从这个召唤，也不说他们是荒谬的人，而是说他们的命运是荒谬的命运，这荒谬的命运能够诱惑和吸引一颗明澈的心灵。为了要继续下面的论述，我们提出这点是十分必要的。

　　演员在终要消失的舞台上称霸。我们知道，演员的荣耀是一切荣耀之中最短暂的。至少人们在平日谈话中这样说。但是，应该说，一切荣耀都是短暂的。从天狼星的角度看，歌德的所有著作会在一千年后化为灰烬，而歌德的名字将被人遗忘。只有考古学家们可能会寻找到我们时代的"遗迹"。这是十分有意义的观点。经过人们的思考，他们的行动被这种观点引至在冷漠中产生的深刻而崇高的行为中。它特别把我们的注意力引向最确实的事物，也就是当下发生的事情。在所有的荣耀中，最少欺骗性的就是正在活着的荣耀。

演员于是就选择这种无可估量的荣耀，即献身和自我受难的荣耀。正是他从所有终将死亡的东西那里获取最佳结论。一个演员，要么是成功，要么是失败。而一个作家即便默默无闻也仍有出头的希望。他认定他的作品将会证实他曾经存在过。演员将留给我们最完整的印象，而且，曾隶属他的一切：他的动作、他的沉默，他短促的哨声或爱情的呼吸都与我们毫不相干。若不为人知，对他来讲就是不扮演，而若不扮演，那就意味着和那些他本应使之存活或再生的存在一起死亡。

得到在那些最短促的创造上面建立起来的即将灭亡的荣耀，有什么可奇怪的呢？演员当了三个小时的雅各或阿尔刻提斯、淮德拉或格劳塞斯戴①。在短暂的时间内，演员在五十米见方的舞台上让这些人物生活或死亡。荒谬则从来没有这样出色地、长时间地表现过他们。这些美妙的生命，这些独特而又完整的命运在舞台天地中存在的几小时内发展而后结束，还能希望有什么较之

---

① 雅各：犹太人的祖先之一，以撒和利百加的儿子。阿尔刻提斯：希腊神话中弗赖国王阿德墨托斯的妻子。因丈夫患不治之症，阿波罗请求命运女神可由别人替死。她于是自愿代丈夫去死，后被赫拉克勒斯从死神处救出。淮德拉：希腊神话中克里特王弥诺斯和帕西淮的女儿。格劳塞斯戴：英国公爵，亨利第四的弟弟。——译注

更加简明的捷径呢？西基斯蒙①下了台就什么都不是了。剧终两个小时之后，人们会看见他在城里吃晚饭。这大概是因为生活就是一场梦幻。不过西基斯蒙下台后，还会有另一个角色上台。优柔寡断的苦恼的主人公代替了复仇之后狂呼乱叫的人。就这样，演员不知横跨多少世纪，不知遍及多少精神，模仿着人们可能有的和人们所有的，他还与另一个身为漫游者的荒谬的角色融为一体。演员就像荒谬的人那样穷尽着某种东西并且永不停息地前进。他是时间的过客，而对最优秀的演员来讲，他就是灵魂的走投无路的过客。如果数量的道德②永远能够寻觅到一种养料，那就是因为有这样特殊的舞台。我们很难说出，在什么样的范围内，演员受益于这些角色。而这并不是关键所在。关键仅仅在于要知道，演员在哪一点上与这些不可互相替代的生命同一。确实，演员有时会随身负载着他们，而他们也会敏捷地逃脱他们在其中诞生的时空。他们伴随着已不再轻易与他自身曾经有的东西相脱节的演员。有时，演员在拿杯子时，会又重复哈姆雷特举起酒杯的姿势。噢，不！在演员和他要复活的存在之间并没有多么长的距离。于是，他日复一日地不厌其烦地重复这样一个真理：在一个人想有的与他所有的东西之间没有不可逾越的鸿沟。他总是致力于更生动地表现角色，他要揭示的是显象在哪一点上制造了存在。因为这是他的绝对造作的艺术，是一种尽可能深入到并不是他自己的生活中去的艺术。经过他的努力，他的天性表现得淋漓尽致：尽心竭力于一无所是或者成为若干角色。狭义地讲是这样一种限制：它的提出是为了创造演员的角色，而且更需要限

---

① 西基斯蒙（1368—1437），日耳曼王。——译注
② 数量的道德（la morale de la quantité）：这是加缪的常用语，这里的数量是与质量相对的。——译注

制的是他的能力。三小时之后，他将在他今天扮演的角色的面目下死去。而他就必须在这三小时内经历并表现整整一个特殊的命运。这就叫作为了再现而消隐自身。在这三小时中，他将在这条没有前途的道路上一走到底，而舞台上的这个角色则是用整整一生走完这条路的。

演员模仿要死的人，只是在表面上表现和完善这个角色的。演戏的默契就是心灵仅仅是通过动作在身体中——或是通过与灵魂、身体同样重要的声音——表现出来并使人理解它的。这种艺术规律是要求一切都在肉体中生长和表现。如果在舞台上必须像平常人那样去爱，去利用心灵的不可替代的声音，像平常人那样去看，那我们的语言就有待于辨认。在这里，沉默意味着人们能听到弦外之音。爱情使声音提高，而静场本身就成为戏剧的壮观。身体是皇上。并不是"戏剧性的"要求这样，这个被错误看待的词包含了整个一种美学和伦理。

人生的大半都是在暗示、转面不见、沉默不语中度过的。演员在此是僭越者。他激发起这个被束缚的灵魂的魔力，于是各种情感在舞台上争先恐后地迸发出来。它们在所有的动作中说话，它们只凭借喊声而得以生存。这样，演员是为着表现而塑造自己的角色的。他描绘或刻画着他们，他在想象的形式中驰骋并在他的角色的幽灵中注入自己的热血。无须说，我这里讲的是伟大的剧作，即提供给演员机会以充实他的完全肉体性的命运。比如说莎士比亚，他的剧最初的活动是些疯狂的举动使人不由自主地跳起舞！身体的疯狂能解释一切，没有它，一切就都会烟消云散。李尔王若没有流放考荻利娅和惩处爱德伽的粗暴行为，他是永远不会去赴那使他发狂的约会的。准确地讲，这个悲剧是在精神错乱的情况下造成的。那些灵魂都委身于恶魔与狂乱。这出戏中至少有四个疯人：其一是为职业所致，其二是为意志所致，最后两个是为忧郁所致：四个错乱的身体，四种在同样条件下难以描述的人物。

人的身体本身的等级是不充分的。假面具和厚底靴，使演员面目全非的化装，夸张或简化了的服装，这些组成的舞台天地为了表演而贡献一切，而这个舞台天地生来就是为着让眼睛去看它的。身体通过荒谬的奇迹还得到了认识。如果我不扮演雅各，我就永远不能深刻地理解他。光听见他的声音是不行的，只有在我看见他的时候我才能把握住他。演员通过排演从荒谬的角色中获得了他独一无二的固执不散的影子，演员于是就把这个陌生的同时又是熟悉的影子带到他扮演的所有角色中去。伟大的剧作在此仍然是为声音的统一服务的。① 而这正是演员要反对的：同一的声音然而也是如此多种多样的，系那么多的灵魂于一身。但是，这就是荒谬矛盾本身，就是要能到达一切并经历一切的单个人，就是徒劳无益的尝试，就是毫无意义的坚持。那些自身矛盾的东西却在自身中统一起来。这就是身体和精神融合并紧密相交之处，就是为自身失败心力交瘁的精神转向他最忠实的同盟者的地方。哈姆雷特说过："能够把感情和理智调整得那么适当，命运不能把他玩弄于股掌之间，那样的人是有福的。"

宗教怎么能不谴责演员的这种行为呢？宗教要在舞台艺术中取消那些光怪陆离的灵魂，取消那过度的激情、那宣称不愿只经历一种命运的怪诞思想以及那狂饮纵欲的习尚。宗教禁止这些灵

---

① 我在此想到莫里哀的阿尔塞斯特。一切都是那么简单、明了、粗俗。阿尔塞斯特反对费兰特，色利曼纳反对艾里雅特。——原注（以上提到人物均为莫里哀著名剧作《恨世者》中的人物。——译注）

魂对"现在"的偏好及普洛透斯式①的胜利，因为这些都是与宗教教义相异互悖的。永恒并不是一种游戏。一种荒唐的精神则更倾向于戏剧而不是永恒，因而它就得不到永恒的拯救。在"处处"与"永远"之间，不存在调和的余地。正是由此，这令人讨厌的职业会招致极度的精神混乱。尼采说："重要的不是永恒的生命，而是永恒的创造力。"任何悲剧实际上都出于这种选择。

阿德利娜·勒库弗勒②临终躺在床上，她曾经很希望自我忏悔并与上帝相通，但她最后却公开拒绝放弃自己的主张。因此她得不到忏悔的好处。这若不是用心灵深处的激情抗拒上帝，又是什么呢？这处于弥留状态的女人，满含热泪拒绝放弃她心中的艺术，极力要证明在生活的攀登面前，她永远没有达到目的。这是她扮演的最美好的角色，也是最难掌握的角色。在上天与滑稽可笑的虔诚之间抉择，追求永生或沉溺于上帝，这就是百年以来的悲剧，在其中，勒库西勒的地位不容忽视。

时代的戏剧演员们知道自己已被开除教籍。选择演员这个职业就意味着选择了下地狱的职业。宗教认为演员是他最凶恶的敌人。某些文学家为之愤慨："什么，拒绝对莫里哀做最后的救助！"但这是对的，特别是对莫里哀这个死在舞台上的人来说，他在伪装下面结束了一个要烟消云散的生命。人们为此祈求宽容一切天才。但是天才却什么都不宽容，这是因为天才否定一切。

因此，演员预先就知道他可能受到的惩罚。但是，为自己生命保留的这最后的惩罚而付出的代价会对这些如此模糊不清的威胁具有什么意义呢？演员正是预先体验了这种意义并全部地接受

---

① 普洛透斯：希腊神话中变幻无常的海神。——译注
② 阿德利娜·勒库弗勒（Adrienne Lecouvreur, 1692—1730）：法国 18 世纪著名戏剧演员，被称作为当时最出色的悲剧演员。——译注

了它。对演员和荒谬的人来说，早夭是无可挽回的。什么都抵偿不了他所经历过的那些角色和世纪的总和。但是无论如何，还是要死的。因为演员无疑是无处不在的，而时间还拖着他并与他一起制造其结局。

只要稍有点想象就可体会到一个演员的命运意味着什么。他在时间中塑造并表述他的角色。也是在时间中他学着把握这些角色。他经历的生活越多，他就越能与这些生活脱离。应该在舞台上或世界上死去的时间就要来到。他已经经历的一切就在眼前，他看得一清二楚。他感觉到这种遭遇中令人心碎而又难以代替的东西。他现在知道并且能够去死。因此有些养老院是专门为老年戏剧演员而建的。

# 征　服

征服者说："不，不要相信，为了致力于行动，我就必须忘记思维。相反，我完全能够定义我所相信的东西。因为，我是用我的体力去相信的，而且我的目光是肯定而清楚的。那些人说：'因为我知道得过多，我不能表述这个。'不要相信他们的话。因为，如果他们不能表述，那是因为他们并不知道，或者是由于他们的懒惰，只停留在事物的表面。"

我并没有太多的意见。在一个生命结束时，人发现他花费了那么多年仅仅是去证实一个真理。但如果这个真理是清晰的，它就足以驾驭一个存在。我最终要对个体的人发表一些意见。人们谈到他时总是很粗暴，或者在需要时表示一种适度的蔑视。

人是由于他不说的事情、而不是他所说的事情而成其为人的。对很多事情我都保持沉默。但我坚信：所有那些对个体的人进行过判断的人，他们为了巩固自己的判断而运用的经验都要比我们少得多。智慧，那生机勃勃的智慧可能已经预感到应该估量的东西。但是，时代的衰落与鲜血使我们异常清醒。古代的人们，近代的、甚至直至我们这个机械化时代的人都可能要把社会道德与个人道德放在天平上掂量，都可能寻问其中哪一个应服从另一个。这之所以可能，首先是因为在人的内心中的这种顽固的反常迷乱，而根据这种心理，各种生者被置于世界之中以便去服务于人或被别人服务。其次是因为，无论是社会还是个体的人都还没有显示自己的全部能力。

我知道许多明智的人都对在佛兰德勒①战争的腥风血雨中诞生的荷兰画家们的伟大作品赞叹不已。他们对在三十年残酷战争中发生的西里西亚神秘主义者们的祈祷激动万分。在他们好奇的眼中，永恒的价值浮现在世俗的动乱上面。而时间就自此行进。当今的画家就缺少这种清醒。即使说到底他们内心（我这里指的是僵硬的内心）知道应该去创造，那也毫无用处。因为每个人和圣人本身都被动员起来。这大概是我最深切地体会到的。每一个于阵痛中失败的形式，每一次隐喻或祷告所经受的艰苦磨难，它们都使永恒失去一部分。我意识到我与我的时间不可分离，于是我决定与时间融为一体。这就是我为什么单单由于我觉得个体的人似乎是可笑和卑微的才分析个体的人这么多的情况。因为，"知道"本身并不包含胜利的原因。我偏好追究失败的原因：失败的原因要求一个完整的灵魂在失败和暂时胜利时保持同样状态。对于一个深感在世的命运是孤独的人来说，诸种文明的冲击包含着使他焦虑的因素。我把这种焦虑变成我自己的，同时我要在这焦虑中加入我那一部分焦虑。在历史与永恒之间，我选择了历史，因为我喜爱确实的东西。至少我对历史是确信的，那如何否认这种折磨我的力量呢？

---

① 佛兰德勒（Flandre）：法国北部与比利时之间的地区。第一次世界大战时曾是战场。——译注

　　我们总会遇到必须在沉思和行动之间作出选择的时刻。这就叫作"要成为一个人"。这种分裂是可怕的。但在一颗高傲的心看来，绝没有中间道路可走。要么是上帝，要么是时间；或者要么是这十字架，要么是这匕首。这个世界具有一个更高的意义，这种意义超过了人的行动，或者说除了这些行动之外没有任何东西是真实的。要么与时间同生死、共存亡；要么为一种更伟大的生活而躲避时间。我知道有人会妥协，有人会生活在时间里而又相信永恒。这种态度就叫做忍受。但我讨厌这个词。而且我是要么得到一切，要么就什么都不要。如果我选择了行动，不要以为沉思对于我就是陌生之地。只不过沉思不能给我一切，而缺少永恒，我则要与时间相结合。我并不要求在我的计划中得到回忆和苦痛，我只是想在其中看得清楚。我要说，你们明天将行动起来。这对你们、对我都是一种解放。个体的人一无所能，但他又什么都能。在这美妙的随意性中，你们会明白为什么我要赞扬他而又要同时压倒他。世界折磨着他，而我要解放他。我要提供给他应有的一切权利。

　　征服者们知道，行动在自身中毫无用处。只有一种有用的行动，就是重新造就人和世界的行动。我永远不会重新改造人。但是必须"就像"（重新改造人）那样地去行动。因为斗争的道路使我与肉体相遇。即使是受屈辱的身体，它也是我唯一确认的东西。我只能依靠它为生。这被造物是我的家乡。这就是为什么我选择了要进行这荒谬而又无效的努力的原因。这也就是为什么我总是站在斗争这一方的原因。我已经说过，时代准备着斗争。到此，征服者的伟大还是在于地理方面，衡量这种伟大是依据所征服土地的广度。这个词改变了原义而不再指一般的战胜者，并非没有道理。伟大改变了它的战地。它在反抗之中，在没有未来的牺牲之中。在这里，并不是我们喜好失败。胜利是我们希望的。但是只存在一种胜利，它是永恒的。而我永远得不到这个永恒胜利。这是我追求的目的，而且我为此穷追不舍。一次革命的实现总是要反对各种神的，从巴门尼德的革命开始就是如此，他是现代征服者的先驱。征服是人对抗命运的一种要求：穷人的要求不过是借口。但是我只有在这种精神的历史活动中才能把握它，而且正是在活动中与这种精神相结合。然而，不要以为我对之心满意足，面对基本的矛盾，我支持我的人的矛盾。我把我的清醒置于那些否认它的东西之中。我在那些要粉碎人的东西面前赞扬人，而且，我的自由、我的反抗以及我的激情就在这紧张状态中，在这清醒与过分的重复中融为一体。

是的，人就是他自己的目的。而且是他自己唯一的目的。如果他要成为某种东西，那就是在他现在的生活中成为某种东西。我现在对此已深信不疑。那些征服者有时谈到战胜与超越。但他们所期待的永远是"自我超越"。读者清楚地知道这意味着什么。每个人都会在某些时刻感到自己与一个上帝是平等的。至少人们是这样说的。但这是由于人在某一瞬间突然感觉到了人的精神惊人地伟大。征服者只是那些充分感觉到自己力量的人，他们要坚定地经常尽其所能地生活，而且明彻地意识到人的伟大。这多多少少是个算术级的问题。征服者们最能够做到这些。但是，当他们愿意的时候，他们却不能超过人本身。所以，就是在最狂热地沉醉于革命灵感之中的时候，他们也永远离不开人的熔炉。

他们在行动中找到了残缺不全的创造，但是，他们同样找到只有他们才喜好和欣赏的价值，即人和人的沉默。这既意味着他们的贫困，也意味着他们的财富。在他们看来，只有一种乐趣，那就是人的诸种关系的乐趣。怎么能不明白，在这脆弱的世界中，一切有人性的而且只包含人性的东西都具有一种更加热烈的意义。紧绷着的面孔，濒于破裂的手足情，人与人之间那样强烈又那样纯真的友谊，这一切都是真正的财富，因为它们最终是要死亡的。精神在它们中间最深切地感到了自己的权力和局限，也就是说感到了自己的有效性。某些人曾说过这就是天才，而我认为天才的结论在这里下的过于匆忙，我宁愿用智慧这个词。应该说，这可能是最恰当不过的词了。它照亮了这片荒漠并且支配着它。它明了自己的屈从的奴性并加以明确的阐述。它将与这个身体同时死亡。但是，知，就是它的自由。

我们并非不知道，一切宗教都反对我们。一颗那么紧张的心灵挣脱了永恒，而一切宗教——无论是天神的宗教还是政治的宗教都鼓吹永恒。幸福和勇气，报应或正义对它们来讲都是次要的结果。这是它们导引出来的一种理论，而且要求自己服从它。但是，我与这些观点或者说永恒是毫不相干的。对我适用的真理是手摸得着的真理。我不能与这些真理分离。这就是为什么你们在我身上建立不起任何东西的原因：征服者没有任何东西可以延续，甚至于他的理论。

这以后，死亡的降临无论如何是不可避免的。我们知道这点。我们还知道，死亡会结束一切。所以，遍布欧洲大陆上的坟墓是丑陋的，它们使我们某些人不得安宁。人们只会美化他们所爱的，而死亡使我们厌烦。死亡同样等待我们去征服它。最后一个卡拉拉①人被囚禁在被瘟疫洗劫一空的帕多瓦②，此时帕多瓦已被威尼斯人攻占。他狂呼着跑遍空无一人的宫殿：他召唤魔

---

① 卡拉拉：意大利地名。——译注
② 帕多瓦：意大利地名。——译注

鬼，请求他们让他去死。这是一种超越死亡的方法。而这也是西方人特有勇气的标志，他使得那些死亡在其中自认高贵的地方变得那样可怕。在反抗的宇宙中，死亡赞颂着非正义。死亡是最终的放纵。

另外一些也不妥协的人们选择了永恒并且揭露了这个世界的虚幻。他们的坟墓在花香鸟语中微笑着。这也适用于征服者，并且为征服者清晰地描绘了他所拒绝的图像。而他则选择了漆黑的铁栅栏或无名的深渊。崇信永恒的人们中的佼佼者，他们有时会在能够和他们的死亡这样的图像一起生活的那些精神面前，在众人钦羡仰慕或同情怜悯的目光下感到一种恐惧。但是，这些精神剥夺了他们的力量和正义感。我们的命运就在我们面前，而我们激发起的正是这命运。这不是由于傲气，而是由于我们意识到无意义的条件。我们有时也怜悯自己。这似乎是我们所能接受的唯一的怜悯：一种你们可能并不理解并且你们认为缺乏阳刚之气的感情。然而，正是我们中间最勇敢的人体验了这种感情。但是，我们还是要称清醒的人为具有阳刚之美的人，我们不需要与清醒脱离的勇气。

再重复一遍，以上种种图像主张的并不是道德，它们并不涉及判断：它们是一些图像。它们只是表现一种生活方式。情人，演员或冒险家都扮演荒谬的角色。而如果圣人、官员或共和国总统愿意的话，他们同样可以是荒谬的角色。只要去知道并且毫无掩饰就足够了。人们有时在意大利的博物馆里会看到一些小画板，这是神父们放在临刑的死刑犯面前的，为的是遮挡住绞刑架。人在自己的各种身份下的跳跃，他对于神明和永恒的急迫追求，对日常生活幻影和观点的沉迷，所有这些隔板都隐藏了荒谬。但是还有一些官员面前并没有隔板，我下面要讲的就是这些人。

我选择了最极端的例证。荒谬赋予这一层次的人至高无上的权力。的确，这些王子们是没有自己的王国的。但是他们身上这种优于其他人的地方使他们知道任何王权都是幻想。他们知道自己的全部伟大之处，人们若要谈论他们隐藏的不幸或幻想破灭后的尘灰，是徒劳的。失去了希望，并不意味着绝望。大地的火焰完全可以与天堂的芬芳相媲美。我，以至任何人都不能在这里评判这些人。他们并不千方百计地要成为最优秀的人，而是企求成为征服者。如果明智这个词用于以其所有而生活而并不希望其所无的人的话，那么这些人就是明智的人。其中之一就是征服者，他是属于精神的；唐璜是认识型，戏剧演员是智慧型，而征服者比任何人都清楚地知道："当人们把他温良可爱的小羊驯服得十全十美的时候，人们永远不会相称于一种天地间的特权：人在最顺利的情况下经常会成为带着角的温良可笑的小羊，不过如此——因为他甚至承认人并非充盈着虚伪，而且不会由于他审慎的立场而引起混乱。"

无论如何，应该在荒谬推理的基础上重新建立更加热情的人的面貌。想象能够补充进去很多其他面貌，与时间与流放紧密相连并且能够在一个没有前途、没有软弱无能的天地里生活的面貌。在这个荒谬的、没有上帝的世界里云集着进行清醒思考而且不再有任何希望的人们。不过，我还没有谈到这些人物中最荒谬的人，那就是创造者。

# 哲学和小说

　　一切在荒谬的稀薄空气中维持的生命都需要某种深刻而又持久的思想以使自己富于生气，否则，它们就不能继续下去。在此，这也只能是忠诚的一种特殊的感情。我们已经看到，那些意识的人在最荒唐的战争中完成了他们的任务，而且并不认为自己是处在矛盾之中。这是因为他们没有回避任何东西。因此，有一种形而上学的幸福支持着世界的荒谬性。征服或游戏，无限的爱，荒谬的反抗，这些都是人在自己事先就被战胜的论战中向自己的尊严致敬。

　　问题仅在于忠实论争的规则。这种思想就足以滋养一种精神：它过去支持过的并且现在仍在支持着的全部文明。人们并不否认战争。他或者为战争而死，或者为战争而生。荒谬亦是如此：关键是要与它同呼吸、共命运，并且承认从中得到的教训并重新获得其真谛。从这点上来讲，特别是荒谬的快乐，它本身就是创造。"艺术，唯有艺术是最高的创造，"尼采说，"我们拥有艺术为的是不死于真相。"

　　在我要描述并且以几种不同方式要读者体验的经验中，毫无疑问发生着一种精神剧痛，而在这剧痛出现的地方另一种剧痛则因之死亡。有关遗忘的初步研究，对于欢乐的召唤现在并没有得到应有的反响。但是，支持着人正视世界的经常不断的紧张状态，以及导致人去接受一切的受到控制的昏乱给人留下了另外一种狂热。在这个世界里，事业就是支持其意识并且确定意识的种种奇遇。创造，就是生活两次。普鲁斯特对焦虑的探索研究，他对于花朵、地毯与焦虑的细致入微的描述就意味着这种创造。与此同时，他的研究除了连续不断和不可估量的创造之外，不再具有其他任何意义；而戏剧演员、征服者和一切荒谬的人在他们生活的每一天中都致力于这种创造。他们都企图模仿、重复或重新创造属于他们的创造。我们最终总是获得有关我们的诸种事实的面貌。在一个已背弃永恒的人看来，整个存在只不过是在荒谬的掩盖下的一种夸张的模仿。创造，则是伟大的模仿。

这些人首先是知道、然后是竭尽全力遍及、扩大并且丰富这个他们刚刚涉足的没有未来的岛屿。然而，首先是要知道。因为，荒谬的发现与将来的激情在其中转化并自认合法的时间空歇同时发生。就是那些不信耶稣的人们也会拥有自己的橄榄山。但他们不应该在橄榄山上沉睡不醒，即使这橄榄山是他们自己的。荒谬的人认为，问题不再是去解释或找寻出路，而是要去经历、去描述。一切都始于远见卓识的冷漠态度。

描述，这是一种荒谬思想最后的企望。科学也是如此，若科学的各种理论已达尽头，那就会停止建树，并且会止步静观而只是描画现象的永远未开垦的面貌。心灵于是了解到：这种把我们运载到世界种种面貌之前的激情并不是从它自身深处而是从它的多样性那里来到我们心中。解释是徒劳的，但感受却留了下来，而且随着这种感受，产生了对一个在数量上不能穷尽的世界的种种召唤。我们在此理解到了艺术作品的地位。

艺术作品标志着一种经验的死亡和这种经验的繁衍。它犹如已被世界组合起来的主题单调而又热情的重复：身体，庙堂三角楣上无数的画像；形式或颜色、数量或悲痛。要在创造者美妙而又稚气的天地里最后得到本书中最重要的主题，这并不是可有可无的事。否则，人们就会错误地在其中看到一种象征，并且会相信艺术作品最终能够被看作是荒谬的一个避难所。艺术作品本身就是一种荒谬的现象，而最关键的仅仅是它所做的描述。它并不是要为精神痛苦提供一种出路。相反，它本身就是在人的全部思想中使人的痛苦发生反响的信号之一。但是，它第一次使精神脱离自身，并且把精神置于他人的面前，不是为着使精神因之消逝，而是为着明确指出这条所有人都已涉足但却没有出路的道路。在荒谬推理的时候，创造跟随着冷漠与发现。创造则标志着荒谬的激情由之迸发出来的那个时刻，荒谬的推理就在这个时刻停止了。创造在本书中的地位就是这样被确认的。

只需向创造者和思想者阐明某些共同的主题，就足以使我们在艺术作品中又遇到介入荒谬中的一切思想矛盾。事实上，这些矛盾并不是造成相近智慧的同一结论，而是这些相近智慧所共有的矛盾。它们因而就是思想和创造的矛盾。我甚至有必要说，这是促使人采取各种立场时的同一种苦痛。正是由此，这些立场从一开始实行就巧遇了。但是，我看到，在以荒谬为出发点的思想中，只有极少的部分坚持这些立场。我正是从思想的偏离和反叛出发，最精确地衡量哪些是唯独属于荒谬的东西。与此同时，我应该问一下：一部荒谬的作品是可能的吗？

我们不能过分坚持以往流行的艺术与哲学是互相对立的专断

观点。如果人们执意要追寻准确的答案，这种对立论肯定是错误的。如果只是要说这两种学科各自有其特殊的风貌，那这种对立论是有道理的，但它的内容却是模糊不清的。唯一可以得到证明的是一个被封闭在其体系的小圈子里的哲学家与一个被置身其作品前面的艺术家之间所产生的矛盾。但这对于我们在此并不太重视的艺术与哲学的某些形式也同样适用。认为艺术与其创造者互不相干的观点不仅仅是过时的，而且是错误的。为了反对艺术家，人们特别指出从来没有一个哲学家建立起几种体系。但是，就任何艺术家都从来没有以不同的面貌表达一个以上的事物而言，上面这种观点是对的。转瞬即逝的艺术完美，艺术更新的必要性，这些只是由于偏见才变得真实。因为，艺术作品也是一种构建，而且每个人都知道，多少伟大的创造者都可能成为平庸无奇之辈。艺术家也同样，思想家约束着他，并且他在思想家的作品中自我生成。这种相互渗透的现象提出了美学中最重要的问题。再者，没有任何东西会比按照种种方法和对象——为了这些方法和对象，精神承认自己的目的是统一——进行比较更加无用的了。在人为了理解、为了爱所提出的学科之间不存在什么界限。它们互相渗透，而且相同的焦虑把它们相混结合在一起。

我们先提到这一点十分必要。荒谬的作品要成为可能，就必须使思想在其最清醒的形式下干预作品。但是，若思想不是同时作为起支配作用的智慧，它就不会显现。这是沿着荒谬道路而陈述的理论。艺术作品的产生是由于弃绝了使具体事物理性化的智慧。它标志着肉体的胜利。正是清醒的意识激发起了艺术作品，但在这同一活动中，它又否定了自己。它不会让位于要在描述中添加一种堂而皇之的、更深刻的意义的企图，因为它知道这种意义是不正当的。艺术作品象征着智慧的一种悲剧，但它只是间接地证明了这种悲剧。荒谬的作品要求一个演员意识到这些界限，并且要求一种"具体"在其中除了意味着自身以外不再意味其他任何东西的艺术。它不能成为约束，即不能成为一种生活的意义或补偿。创造还是不创造，都改变不了任何东西。荒谬的创造者并不重视他的作品。他可能会和他的作品毫无关系，有时，他就与其作品毫不相干。他只需一片阿比西尼荒漠就足矣。

在此，人们同时还能看到一种美学规律：真正的艺术作品都是属于人的。从根本上讲，它是一种讲述"最起码的事"的作品。在一个艺术家的完整经验和反映这经验的作品之间，威廉·迈斯特[①]和歌德的老成之间存在着某种关系。当作品宣称在一种解释文学的花边书页上已经提供了全部经验时，这种关系是有害的。而在作品只是在经验中锤炼出来的一部分，只是内部的光辉在其中绵延不断表现出钻石的一面的时候，这种关系又是有益的。在前一种情况下，永恒负载过重，奢望过高。在后一种情况下，作品由于一种不言而喻的全部经验而繁殖衍生，人们可猜想到这些经验是极其丰富的。对艺术家来讲，荒谬的问题就是获得这种超越能力的处世之道。最后，在这种气候下的伟大的艺术家首先是一个生存者，他明白在此生活是经历也同样是思索。作品因此象征着知的悲剧。荒谬的作品表明思想对荣誉的弃绝，表明它只顺从运用表象、并运用图像覆盖无来由之物的智慧。如果说世界是清晰的，艺术则不是。

我在此并没有谈及形式或颜色的艺术，在这些艺术中，唯有最富于简朴精神的描述占有统治地位。[②] 表现是从思想终结的地

---

① 威廉·迈斯特，歌德小说《威廉·迈斯特》的主人公。——译注

② 奇怪的是，最富于智慧的画作，是寻求把实在还原为最原始因素的作品，它完成时只是一种视觉的欢乐。它只保留了世界的颜色。——原注

方开始的。这些睁着空虚的双眼云集于寺庙与博物馆的青年人，他们把自己的哲学付诸行动。在一个荒谬的人看来，这种哲学比其他任何图书馆都更有教益。另一种形态——音乐的情况也是同样。如果有一种艺术失去了教益，那就是音乐的艺术。它过于相似于数学，因为它避免借用数学的无效性。这种精神按照约定俗成的、分寸得当的规律，与自己玩弄的游戏在我们有声的空间中进行，而在这个世界的彼岸，种种喧嚣汇聚交错，形成了一个非人的世界。它不再具有更纯净的情感。这些例证过于简单。荒谬的人承认这些和谐与形式就是他自己的。

但是，我还要在此谈到一种作品，解释的意图在这种作品中始终是最强烈的，幻想在其中自我确定，结论在其中是不可缺少的。这就是我下面要说的小说的创造。我要探讨的是荒谬是否能在这种创造中维持下去。

思维，首先就意味着要创造一个世界（或者说限定自己的世界，其意是相同的）。这就是从把人与其经验分离的基本矛盾出发，依照其回忆去找寻可使二者达到默契的天地，找寻一个被理性框束的天地，或者是一个能够解决难以忍受的分离的被类比照亮的天地。哲学家——即使是康德这样的哲学家——就是创造者。他拥有自己的角色，自己的象征和秘密的行动。他还拥有自己的结局。反过来说，小说之所以压倒了诗歌与评论，仅仅是表现了——不管它表面如何——艺术最伟大的知化过程。让我们再特别考虑一下那些最伟大的作品。一种文学作品的丰富内涵常常是与附着在它上面的糟粕进行较量的。低劣小说的数量不应使人们忘记那些优秀小说的伟大。后者恰恰与前者一起创造了它们的天地。小说有其逻辑、推理、直观和假设。同样还有对明晰①的要求。

我在前面谈到的传统对立说在这种特殊的情况下就显得越发不合理了。在哲学与其作者很容易分离的时代，这种对立说是有价值的。而在今天，思想不再追求普遍的永恒，思想最优秀的历史将是其悔恨的历史，所以我们知道，当体系有价值时，它就与它的主人不可分离。美学本身在一种状态下，只不过是一种漫长的和严格的隐情。抽象的思想最终与其肉体的负担结合起来。同样，身体和诸种激情在小说中的描写更多的是按照一种对世界的看法来安排。人们不再是讲述"故事"，而是创造自己的天地。伟大的小说家都是哲学小说家，就是说是和主题作家对立的。巴尔扎克，萨德，麦尔维尔，司汤达，陀思妥耶夫斯基，普鲁斯特，马尔罗，卡夫卡②都是这样的作者，还有其他许多。

但是，这些作家是依靠想象写作，而不是用推理写作，这种选择揭示了他们共同的一种思想，即认为任何解释的原则都是无用的，他们笃信可感觉的显象的启示。他们把作品看作一种结果同时也把它看成为一种起始。文学作品通常是一种难以表达的哲学的结果，是这种哲学的具体图解和美化修饰。但是，作品只是由于受到这种哲学的暗示才成为完整的。它最终使一种古老主题

---

① 应该思考一下：这也可解释最糟糕的小说的产生。几乎一切人都自认有能力思维，而且在某种范围内好歹都能真正地思维。然而，很少有人能够具有诗人的想象或成为语言大师。不过，从思想较之风格而占优势的时刻起，众人就争先恐后地涌向了小说。

但这个弊病并不像人们所说的那样严重。最优秀的人物最后导致更多地向自身提出要求。而那些支持不住的人，他们不值得再继续生活下去。——原注

② 萨德（Sade, 1740—1814），法国作家。麦尔维尔（Melville, 1819—1891），美国作家。司汤达（Stendhal, 1783—1842），法国作家。马尔罗（Malraux, 1910—1976），法国作家。卡夫卡（Kafka, 1883—1924），德国作家。——译注

的变种合理化，但是使这种主题远离生活的思想是很少的，更多的思想要在生活中重新恢复这主题。思想没有能力使现实升华，它只止于模仿现实。我们谈到的小说就是这种认识的工具，这种认识是相对的而且又是不可枯竭的，它与爱情的认识是如此相似。小说创造是对爱情的主动赞扬和丰富思考。


一开始我至少就品尝到小说的种种魅力。但是，我还在那些落魄受辱的王孙公子们身上感到同样的魅力，我随后能够静观由此产生的自杀。我所感兴趣的，就是认识并描述使这些魅力向着幻想的共同道路而去的力量。下面我还要用同样的方法。由于已经使用这种方法，我得以简化我的推理并且及时用明确的例证概括之。我要知道，如果接受这种无可挽回的生活，人们是否也能够同意无可挽回地去工作和创造，我要知道，哪一条道路是通向这些自由的。我要把我的世界从其幻想中挣脱出来，并且只在这个世界里汇集我不能否认其在场的肉体的种种事实。我能够创作荒谬的作品，选择创造的立场，而不是选择另外一种态度。但是，一种荒谬立场要如此这般地保持下来就应该意识到它的无效性。荒谬的作品亦如此。如果荒谬的诸种指令在作品中没有受到尊重，如果作品沉湎于幻想并引发出希望，那它就不再是无效的了。我就不再能够脱离它。我的生活就在其中获得一种意义：这是滑稽可笑的。我的生活就不再是一种进行超脱的实践，也不再是消耗人的生命光彩与无用性的激情。

在解释的欲望最强烈的创造中，人们是否能够克服这种欲望呢？在这个虚幻的世界中，对真实世界的意识最强烈，我是否能始终忠实荒谬而不沉湎于结论的欲望呢？后一种努力面临着同样多的问题。我们已经明白这些问题意味着什么。这些问题是一种意识的最后顾虑：这种意识担心最终的幻想会使它失去最初的和难以应付的意义。对于创造——被视作意识到荒谬的人可能采取的立场之一——有价值的东西，对于提供给这个人的一切生活方式也同样有价值。征服者或演员，创造者或唐璜可能忘记了：他们的生活实践若没有对其无意义的意识就不可能进行。人们很容易习惯于常规。他们要赚钱以求舒适的生活，而且他们的全部力量与生命中最强大的力量集中起来都是为着赢得钱财。幸福被遗忘了，他们采取的手段是为目的服务的。同样，由于欲求找到通往更伟大的生活道路，征服者将改变方向。而唐璜，他将会赞同自己的命运，并且会对这只因反抗才有价值的存在感到满意。对前者，这就是意识，对后者，这就是反抗。在这两种情况下，荒谬都消失了。在人的心灵中充满着执着的希望。那些最纯朴的人可能最终会相信幻想。这种由于对平静的需要而决定的赞同与对存在的赞同具有亲缘关系。因而还有一些光明之神与泥塑偶像。而这正是我们所找到的表现人的各种面貌的中间道路。

我们至此讨论了荒谬要求的种种失败，我们正是从这些失败中最深刻地了解到荒谬的要求究竟是什么。同样，为了提醒读者注意，我们只需发现小说创造可能像某些哲学那样也表现出暧昧性。我可以选择一部包罗上述一切推理的著作加以说明，这部著作标志着荒谬的意识，它的出发点是清楚的，风格是清晰的。这部著作的种种结局将对我们很有教益。如果荒谬在其中没有得到重视，我们也能知道幻想通过什么样的曲折道路被采纳。创造者只需一个明确的例证，一种主题、一种忠诚就足够了。这就涉及业已存在的、更加详尽的相同分析。

我将考察陀思妥耶夫斯基偏好的主题。本来我可以研究其他作家的作品。[①] 但是，陀思妥耶夫斯基的作品的丰富内涵与充沛激情有助于直接分析荒谬的问题，就像我们用之分析它已涉及的存在思想一样。双管齐下有助于我们达到目的。

---

① 比如马尔罗的作品。但是，那样就同时要涉及社会问题，实际上这是荒谬的思想不能避免的问题（尽管荒谬的思想可以提出几种完全不同的解决社会问题的方法）。所以我这里只选用了陀氏的作品。——原注

# 不思未来的创造

　　我于是在此发现：希望不能够永远被避开，而且它还可能纠缠那些要摆脱它的人们。我前面谈到的作品之意义就在于此。我在创造的范围内至少能举出几部真正荒谬的作品。① 但是，万事都须有个开始。我们现在研究的对象是某种虔诚。宗教之所以对异端派那么残酷，那是因为它认为最可怕的敌人莫过于歧路上的孩子。然而，对于正统教义的建设来说，勇敢的诺斯替教派的历史以及摩尼各教派的不懈斗争比一切祈祷都更加有贡献。若加以比较，可看出荒谬的情况亦如此。我们由于发现了远离荒谬的种种道路而认识了荒谬自己的道路。当荒谬的推论结束时，荒谬的推理在被逻辑决定的一种立场上无异于重新发现以一种最悲怆的面貌引出的希望。这就指明了荒谬苦修的困难。特别是指明了不断要支持一种意识的必要性，而这就又回到本书总的论题范围之中了。

　　但是，如果说现在还不到列举一些荒谬的著作的时候，那人

---

　　① 比如麦尔维尔的《白鲸》。——原注

们至少可以以创造的立场总结出一种能够补充完善荒谬存在的作品。唯有通过否定的思想，艺术才可能得到如此充分的利用。对一部伟大的智慧的作品来说，艺术同时运用隐晦和谦恭的描写手段十分必要，这就如同黑色对白色绝对必要。进行无目的的劳动和创造，在这泥沙上进行雕刻，清楚地明白他的创造是无效的，由于意识到他的作品并不比多少世纪中产生的作品更加重要而看到自己作品的崩溃，这一切就是荒谬思想所支配着的难以捉摸的智慧。荒谬的创造者要正面承担两个任务：一是否定，二是颂扬，这就是荒谬创造者面前展现的道路。他应该给空无涂上色彩。

这就导致有关艺术作品的一种特殊的观念。人们常常把创造者的作品看作一些孤立证明的继续。这就是把演员和文学家混淆一谈。一种深刻的思想不断地处于生成之中，它把经验与生活结合起来并且在生活中造就自己。同样，一个人的唯一创造是在他的作品的连续不断而又千姿百态的面貌之中巩固加强的。其中一些作品补充另一些作品，纠正它们或还可能清除它们或反对它们。如果说有某种东西结束了创造，那绝不是被蒙蔽演员的胜利而又虚幻的喊叫："我已说出了一切"、而是创造者的死亡结束他的经历和天才作品。

这种努力，这种超人的意识并不一定要向读者显示。意志造成这奇迹。但至少可以说，没有真正不含秘密的创造。也许，一系列著作可能只是同一种思想的一系列衍生物。但是，人们可能会设想另外一种类型的创造者，这些创造者并肩平行。他们的作品在相互没有关联的情况下可能会彼此相像。而在某种范围内，它们就是互相矛盾的。但是，一旦这些著作在整体上重新排列，那就打破了原来的组合。因此，它们是在死亡那里获取自己最终的意义。它们接受了作者的生命之光。在这时，作者的一系列作品只不过是一系列失败的组合。但是，如果所有这一切失败保留着同样的反响，创造者就能够重复他固有条件的图像，并且使他所掌握的贫乏的秘密产生反响。

追求统治的力量在此不容忽视。但人的智慧足以超过它。它将仅仅揭示创造意志的形态。我在别处已指出，人的意志除了支持意识之外别无其他目的。但是，若没有人的节制，这种支持是万不可能的。主张忍耐和清醒的各种学说都认为，创造是最有效的支持。创造还是对人至高无上的尊严的最激动人心的证明：即不屈不挠地与其环境条件做斗争，坚持不懈地努力奋斗，虽则这种努力被看作是无效的。它要求一种日常不懈的努力，自我节制，对真实的东西的界限准确的估计。它确立了一种苦修（这一切都没有任何目的，只是重复和停滞），但是，伟大的艺术作品自身的重要性小于它要求一个人忍受的经历；小于它为克服幻想并更接近纯粹实在所提供的机遇。

我们不应对美学有所误解。我在此援引的并不是一个论题的被动的信息，也不是对之无休止的枯燥无味的说明。如果我表达清楚的话，事情正好相反。主题小说，即以证明为目的的小说，是所有作品中最可恨的，它最经常地受到一种心满意足的思想的左右。人们揭露他们认为已掌握在手的真理。但是，人们要实行的正是一些观念，而这些观念与思想截然相反。这些创造者是可耻的哲学家。而我所讲的或设想的创造者则是清醒的哲学家。他们在思想回归自身的某一点上，把自己的作品树立为有限、要死的反抗思想的鲜明象征。

这些作品可能证明了某种东西。但是，与其说小说家是出这些作品，不如说是在表现它们。重要的是他们要在具体之中获胜，这正是他们的伟大之处。这种肉体上的胜利通过思想酝酿而成的，抽象的权力在这种思想中受到鞭笞。当小说家们完全获胜时，肉体就同时使得创造闪耀着荒谬之光。正是那些玩世不恭的哲学家们创造了激动人心的作品。

任何否认统一的思想都颂扬多样性。而多样性就是艺术的领地。唯一能够解放精神的思想就是这样一种思想：它使确信自己的局限和未来结果的精神独立存在。没有任何理论可吸引精神。精神期待的是作品与生命的成熟。脱离了精神，作品将会不止一次地（为了永远摆脱希望）发出灵魂的几乎是震耳欲聋的声音。或者，如果创造者放弃他的事业，宣称要改变方向，那作品就会默默无闻。二者是对等的。

因此，我要向荒谬的创造要求我要向思想索取反抗、自由和多样性这些东西。创造随之表现出它深刻的无效性。在这理智与激情混杂于其中并互相冲击的日常努力之中，荒谬的人发现构成他的各种力量重要基础的规律。应该进行的实践，不屈不挠的精神和清醒的意识就这样构成征服的立场。创造，就是赋予其命运一种形式。对所有这些角色来说，他们的作品规定了他们，至少是以作品被这些角色所确定的样子。戏剧演员已经告诉我们：显现与存在之间没有界限。

我们要再重复一遍。以上所说并不包含什么实在的意义。在自由之路上，还有进一步要做的事。这些彼此相近的精神——创造的和进取的精神——最后还应努力从自己的事业中自我解放出来：即能够承认，事业——无论它是征服、爱情还是创造——可能不存在。它还要结束全部个体生活的深刻的无效性。也就是在完成事业的过程中使精神得到更多的快乐，犹如发现生活的荒谬性迫使精神得以更无节制地沉浸于荒谬中。

还要谈到的是其唯一出路是宿命的命运。在这唯一的死亡命运之外，一切快乐或幸福都是自由。人是维系这个世界的唯一主人。与这个世界相联系的是对另一个世界的幻想。这个世界的思想命运不再是自我否定，而是重新以图像的面目跃出。思想表现着自己——也可能是在神秘中——但这是些除了人的痛苦的秘密之外就没有其他深刻含义的秘密，而且这些秘密和人的痛苦一样无穷无尽。神话传说并不是嬉戏与盲目的产物，它们是人间的面貌、经历和悲剧，其中概括一种难解的智慧和义无反顾的激情。

# 西西弗神话

诸神处罚西西弗不停地把一块巨石推上山顶，而石头由于自身的重量又滚下山去。诸神认为再也没有比进行这种无效无望的劳动更为严厉的惩罚了。

荷马说，西西弗是最终要死的人中最聪明最谨慎的人。但另有传说说他屈从于强盗生涯。我看不出其中有什么矛盾。各种说法的分歧在于是否要赋予这地狱中的无效劳动者的行为动机以价值。人们首先以某种轻率的态度把他与诸神放在一起进行谴责，并历数他们的隐私。阿索玻斯的女儿埃癸娜①被朱庇特劫走。父亲对女儿的失踪大为震惊并且怪罪于西西弗。深知内情的西西弗对阿索玻斯说，他可以告诉他女儿的消息，但必须以给柯兰特城堡供水为条件。他宁愿得到水的圣浴，而不是天火雷电。他因此被罚下地狱。荷马告诉我们西西弗曾经扼住过死神的喉咙。普洛托②忍受不了地狱王国的荒凉寂寞。他催促战神把死神从其战胜

---

① 阿索玻斯：希腊神话中的河神，埃癸娜是他的女儿。——译注
② 普洛托：罗马神话中的冥王。——译注

者手中解放出来。

还有人说，西西弗在临死前冒失地要检验妻子对他的爱情。他命令她把他的尸体扔在广场中央，不举行任何仪式。西西弗于是重堕地狱。他在地狱里对那恣意践踏人类之爱的行径十分愤慨，他获得普洛托的允诺重返人间以惩罚他的妻子。但当他又一次看到这大地的面貌，重新领略流水、阳光的抚爱，重新触摸那火热的石头、辽阔的大海的时候，他就再也不愿回到阴森的地狱中去了。冥王的召令、气愤和警告都无济于事。他又在地球上生活了多年，面对起伏的山峦，奔腾的大海和大地的微笑他又生活了多年。诸神于是进行干涉。墨丘利①跑来揪住这冒犯者的领子，把他从欢乐的生活中拉了出来，强行把他重新投入地狱，在那里，为惩罚他而设的巨石已准备就绪。

我们已经明白：西西弗是个荒谬的英雄。他之所以是荒谬的英雄，还因为他的激情和他所经受的磨难。他藐视神明，仇恨死亡，对生活充满激情，这必然使他受到难以尽述的非人折磨：他全身心地投身于没有效果的事业之中。而为了对大地的无限热爱这是必须付出的代价。人们并没有谈到西西弗在地狱里的情况。创造这些神话是为了让神话在想象中栩栩如生。在西西弗身上，我们只能看到这样一幅图画：一个紧张的身体千百次地重复一个动作：搬动巨石，滚动它并把它推至山顶；我们看到的是一张痛苦扭曲的脸，看到的是紧贴在巨石上的面颊，那落满泥土、抖动的肩膀，沾满泥土的双脚，完全僵直的胳膊，以及那坚实的满是泥土的人的双手。经过被渺渺空间和永恒时间限制的努力之后，目的就达到了。西西弗于是看到巨石在几秒钟内又向着下面的世

_____

　　① 墨丘利：罗马神话中的商业神。——译注

界滚下，而他则必须把这巨石重新推向山顶。他于是又向山下走去。

正是因为这种回复、停歇，我对西西弗产生兴趣。这一张饱经磨难近似石头般坚硬的面孔已经自己化成了石头！我看到这个人以沉重而均匀的脚步走向那无尽的苦难。这个时刻就像一次呼吸那样短促，它的到来与西西弗的不幸一样是确定无疑的，这个时刻就是意识的时刻。在每一个这样的时刻中，他离开山顶并且逐渐地深入到诸神的巢穴中去，他高于自身的命运。他比他搬动的巨石还要坚硬。

如果说，这个神话是悲剧的，那是因为它的主人公是有意识的。若他走的每一步都依靠成功的希望支持，那他的痛苦实际上又在哪里呢？今天的工人终生都在劳动，终日完成同样的工作，这样的命运并非不比西西弗的命运荒谬。但是，这种命运只有在工人变得有意识的偶然时刻才是悲剧性的。西西弗，这诸神中的无产者，这进行无效劳役而又进行反叛的无产者，他完全清楚自己所处的悲惨境地：在他下山时，他想到的正是这悲惨境地。造成西西弗痛苦的清醒意识同时也就造就了他的胜利。不存在不通过蔑视而自我超越的命运。

如果西西弗下山推石在某些天里痛苦地进行，那么这个工作也可以在欢乐中进行。这并不是言过其实。我还想象西西弗又回头走向他的巨石，痛苦又重新开始。当对大地的想象过于着重于回忆。当对幸福的憧憬过于急切，那痛苦就在人的心灵深处升起：这就是巨石的胜利，这就是巨石本身。巨大的悲痛是难以承担的重负。这就是我们的客西马尼①之夜。但是，雄辩的真理一旦被认识就会衰竭。因此，俄狄浦斯不知不觉首先屈从命运。而一旦他明白了一切，他的悲剧就开始了。与此同时，两眼失明而又丧失希望的俄狄浦斯认识到，他与世界之间的唯一联系就是一个年轻姑娘鲜润的手。他于是毫无顾忌地发出这样震撼人心的声音："尽管我历尽艰难困苦，但我年逾不惑，我的灵魂深邃伟大，因而我认为我是幸福的。"索福克勒斯的俄狄浦斯与陀思妥耶夫斯基的基里洛夫都提出了荒谬胜利的法则。先贤的智慧与现代英雄主义汇合了。

人们要发现荒谬，就不能不想到要写某种有关幸福的教材。"哎，什么！就凭这些如此狭窄的道路……?"但是，世界只有一个。幸福与荒谬是同一大地的两个产儿。若说幸福一定是从荒谬的发现中产生的，那可能是错误的。因为荒谬的感情还很可能产生于幸福。"我认为我是幸福的"，俄狄浦斯说，而这种说法是神圣的。它回响在人的疯狂而又有限的世界之中。它告诫人们一切都还没有也从没有被穷尽过。它把一个上帝从世界中驱逐出去，这个上帝是怀着不满足的心理以及对无效痛苦的偏好而进入人间的。它还把命运改造成为一件应该在人们之中得到安排的人的事情。

西西弗无声的全部快乐就在于此。他的命运是属于他的。他的岩石是他的事情。同样，当荒谬的人深思他的痛苦时，他就使一切偶像哑然失声。在这突然重又沉默的世界中，大地升起千万个美妙细小的声音。无意识的、秘密的召唤，一切面貌提出的要

---

① 客西马尼：福音书中所说的耶稣被犹大出卖而遭大祭司抓捕前所在的地方，位于橄榄山下。耶稣在此做最后的祷告，而门徒们都在沉睡。——译注

求，这些都是胜利必不可少的对立面和应付的代价。不存在无阴影的太阳，而且必须认识黑夜。荒谬的人说"是"，但他的努力永不停息。如果有一种个人的命运，就不会有更高的命运，或至少可以说，只有一种被人看作是宿命的和应受到蔑视的命运。此外，荒谬的人知道，他是自己生活的主人。在这微妙的时刻，人回归到自己的生活之中，西西弗回身走向巨石，他静观这一系列没有关联而又变成他自己命运的行动，他的命运是他自己创造的，是在他的记忆的注视下聚合而又马上会被他的死亡固定的命运。因此，盲人从一开始就坚信一切人的东西都源于人道主义，就像盲人渴望看见而又知道黑夜是无穷尽的一样，西西弗永远行进。而巨石仍在滚动。

我把西西弗留在山脚下！我们总是看到他身上的重负。而西西弗告诉我们，最高的虔诚是否认诸神并且搬掉石头。他也认为自己是幸福的。这个从此没有主宰的世界对他来讲既不是荒漠，也不是沃土。这块巨石上的每一颗粒，这黑黝黝的高山上的每一颗矿砂唯有对西西弗才形成一个世界。他爬上山顶所要进行的斗争本身就足以使一个人心里感到充实。应该认为，西西弗是幸福的。